Schau mich an, wenn ich mit dir rede!

4. Auflage 2021

Umschlaggestaltung: BoutiqueBrutal.com
Druck & Bindung: GGP Media GmbH, Pößneck
ISBN 978-3-99027-094-3

MONIKA HELFER

Schau mich an, wenn ich mit dir rede!

Roman

für meine Familie

»Es beginnt mit einem Gefühlsüberschuss.«
Thomas Melle

(1) Eine Geschichte in Schwarz-Weiß

Ich fuhr mit der U-Bahn. Mir gegenüber saßen eine Mutter und ihr Kind, das Kind war zehn oder elf. Beide hatten einen Stadtroller zwischen den Beinen, beide eine Schildmütze auf dem Kopf. Mützen und Roller schienen neu zu sein.

Die Mutter neigte sich zu dem Mädchen hinüber und sagte: »Und? Wie ist das so mit dem Papa? Mag er dich noch?«

Die Frau war blond, die Haare waren ungewaschen. Ich zog wegen der Roller meine Beine eng an den Sitz. In Gedanken gab ich ihr einen Elektriker zum Mann und ließ sie in einem Wohnblock wohnen. Und ich ließ sie in einem Film mitspielen, in dem es darum ging, dass Männer bei ihr landen wollen. Alle möglichen Männer, Elektriker, Professoren, Glücksritter, Pechvögel. Ich stellte mir vor, die Brüder Ethan und Joel Coen würden Regie führen, der Film wäre ein Gegenstück zu *The Big Lebowski* mit Jeff Bridges. Mit welcher Schauspielerin würden sie die Frau besetzen? Mit Julianne Moore? Oder mit Frances McDormand, der schwangeren Polizistin aus *Fargo*? Eher nicht. Ich würde den Brüdern zu Scarlett Johansson raten. Wie ich sie in *The Man Who Wasn't There* gesehen habe. In einer Nebenrolle – Birdy, die leider wenig talentierte Klavierschülerin. Am liebsten wäre mir, alle Farben würden aus der Geschichte ausgetrieben. Eine Schwarzweiß-Geschichte – wie der Film mit Scarlett Johansson und Billy Bob Thornton, der den Ed Crane spielt.

Der Autounfall. Birdy hat sich an Ed herangemacht, der verliert die Gewalt über sein Auto. Ein Rad des Wagens wird abgerissen. In Zeitlupe rollt es über die Leinwand ...

Ich schätzte die Frau auf dreißig. Wenn sie redete, öffnete sie kaum den Mund. Das Mädchen sah ihr nicht ähnlich. Die Augenbrauen des Mädchens waren dunkel und dicht.

»Wie heißt deine neue liebe, liebe Mama? Ich vergesse ihren Namen immer, weil er so blöd ist.«

Das Kind zog den Kopf ein. Sagte aber nichts.

»Oder bin ich blöd, weil ich den Namen der Frau vergesse, die mir den Mann weggenommen hat? Sag es! Sag, dass deine Mama, die jetzt nicht mehr deine Mama ist, dass die blöd ist, sag es! Sag es!«

Das Mädchen holte tief Luft. Die Jacke war zu groß, ich dachte, darin kann sie vielmal tief Luft holen. Das braucht sie, dachte ich.

Nun riss die Frau das Kind am Ärmel. »Schau mich an, wenn ich mit dir rede!« Sie sagte das so laut, dass die Neugierige neben mir mich anstieß und aufstand. Das Anstoßen hieß, ich sollte ebenfalls aufstehen.

Es war still im Waggon, die Menschen rund um uns hatten zu reden aufgehört und sich uns zugewandt. Eine Neugierige beugte sich nach vorne, um besser zu verstehen. Sie grinste. Oder sie schaute nur so vor Anstrengung.

Das Mädchen zog den Rotz hoch und nickte, sagte etwas, das klang wie: »Mmhm.«

Ihre Mutter hielt immer noch den Ärmel fest. »Und du? Du? Du? Magst du ihn immer noch, deinen lieben, lieben Vater? Ich will es wissen. Ich weiß schon, nichts darf ich, aber etwas wissen wollen darf ich wohl. Oder wollt ihr mir das auch noch verbieten?«

Der Mund des Mädchens nahm einen leidenden Zug an, und ich dachte, gleich wird sie weinen. Sie weinte nicht. Sie drehte sich weg von ihrer Mutter, sagte nur sehr leise: »Mmhm.«

»Ich hab kein Wort verstanden. Kannst du nicht normal reden? Sagt man bei euch nur mmhm?«

Das Mädchen schaute auf die Rollerlenkstange, verschob den Gummi am Haltegriff.

»Schau mich an, wenn ich mit dir rede!«

Die Neugierige, die sich zu den beiden hinübergebeugt hatte, um besser zu verstehen, nickte, und ich merkte, dass auch ich nickte. Das Mädchen schaute mich an, und ich schämte mich und hätte gern etwas gesagt. Es hob den Kopf, die Mütze rutschte in den Nacken, die Haare an der Stirn sahen verschwitzt aus.

Die Mutter schaute mich an und schaute die Neugierige an und sah in unseren Augen, dass sie recht hatte und recht tat, und nun schmeichelte ihre Stimme gönnerhaft. »Ob du deinen Vater immer noch magst, mehr will ich doch gar nicht wissen.«

Das Mädchen wischte sich die Augen, weinte aber nicht.

»Wobei!«, rief die Mutter aus, als wäre ihr ein neuer Gedanke gekommen. »Die Frage lautet ja wohl, ob er *dich* immer noch mag. Jetzt, wo du noch zwei Halbschwestern hast, giltst du sicher gar nichts mehr.«

Und nun sagte das Mädchen: »Doch, schon, sie sind nett.«

»Ah, nett!« Und zu mir und der Neugierigen: »Die sind nett.« Und wieder zu ihrer Tochter: »Viel netter als deine Mama zu dir. Viel, viel netter, hab ich recht?«

Jetzt liefen dem Mädchen Tränen aus den Augen. Sie wischte sie gleich weg, und eine Weile war wieder Stille. Die Mutter wurde ruhig, als schweiften ihre Gedanken weit ab. Verzweifelt sah sie aus.

Ich dachte, was wahrscheinlich auch die Neugierige dachte und alle im Waggon: Die Frau trinkt oder ist depressiv oder beides, und weil sie trinkt und depressiv ist, hat sie der Mann nicht mehr ausgehalten, hat sich eine neue Familie gesucht und die Tochter mitgenommen. Jetzt lebt sie allein. Man sieht ihr das schlechte Leben nicht an, aber in zehn Jahren würden wir sie nicht mehr erkennen.

Frau und Kind rochen nach Pommes. Am Duft erkennt man Stadtteile. Ich sah ihr ins Gesicht. Die Frau hob den Kopf und fixierte mich, als wollte sie gleich sagen: Und, welche Waffe nimmst du?

»Und deine neue nette Mama, verwöhnt sie dich? Kocht jeden Tag, und Nachspeise dazu, und der Papa wird immer dicker. Der wird einmal richtig fett werden, richtig fett. Und du wirst auch richtig fett, weil du nach ihm kommst.«

Das Mädchen hatte so lange an dem Gummi herumgespielt, bis er sich löste.

»Jetzt hast du den Roller auch noch kaputt gemacht. Weißt du, wie lange ich auf diesen Roller gespart habe? Schau meinen an! Ist an dem etwas kaputt? Nichts ist kaputt.«

»Der Roller ist doch nicht kaputt, Mama«, sagte das Mädchen und sah die Mutter an, als wäre sie eine ganz normale Mutter. »Wir müssen jetzt aussteigen.«

»Ja, dann komm«, sagte die Frau, als wäre sie eine ganz normale Mutter, strich dem Kind über die Haare, und die beiden standen auf.

(2) Die Mutter könnte Sonja heißen

Die Tochter fuhr mit dem Roller davon, die Mutter sah ihr nach.

Die Mutter könnte Sonja heißen. Ein dunkler Name, wie ich finde. Sie war blond, echt blond, und sie wüsste viele Blondinenwitze. Sie fühlte sich inwendig hohl. Sie ärgerte sich, weil Vev ihr nicht zugehört hatte. Zugleich plagte sie das schlechte Gewissen.

Die Tochter will ich Vev nennen, ein Kosename, abgeleitet von Genoveva. So hatte meine blinde Großtante geheißen. Sie hatte über meinen Vater die Hand gehalten, als er ein Kind war. Nie wäre jemand auf die Idee gekommen, sie Vev zu nennen. Mein Vater und seine Tante lebten im Keller eines Hauses, das ihnen nicht gehörte, der Boden war aus gestampftem Lehm. Nur ein Fenster war in dem Raum, nicht größer als ein Kopfkissen war es, aber es zeigte nach Süden …

Sicher hat sich Sonja überreden lassen, ihre Tochter Genoveva zu nennen. Hat sie sich vom Kindsvater überreden lassen? Weil der seiner Mutter, die so hieß, einen Gefallen tun wollte? Weil die Mutter, die Schwiegermutter, die Hand über die kleine Familie hielt? Die finanzielle Hand? Ein Name wie ein altes verschimmeltes Buch. Ein Name, mit dem man sich nur blamieren konnte. Der unbedingt abgekürzt werden musste: Vev.

Alles, was aus der Familie des Kindsvaters kam, war alt und verschimmelt. Gut aufgestellte Leute mit gut aufgestelltem Benehmen und gut aufgestellten Vorurteilen und aufgestellten Messern im Sack. Sonja war ihnen nie gut genug gewesen. Dabei hätte sie jede Menge Chancen gehabt. Einen Kaufmann hatte es gegeben, für den sie Kunden anschleppen sollte. Näheres wollte niemand wissen, auch Sonja wollte es nicht mehr wissen.

Zuvor war sie nicht geliebt worden, von niemandem. Und dann kam ein gut aufgestellter Mann – ich will ihn Milan nennen –, und sie wurde schwanger. Weil sie ihn liebte, war sie einverstanden, dass ihr Kind, angenommen, es würde ein Mädchen, nach einem alten verschimmelten Buch heiße.

Sonja fluchte.

Sie war nicht ganz sie selbst. Warum?, fragte sie, riss sich die Schildmütze vom Kopf und warf sie auf den Gehsteig. Die Haare fielen ihr ins Gesicht, sie drehte sie zu einem Knoten. Sie trat auf eine Dose. Die rollte und hielt vor einer Bettlerin. Sonja kramte in ihrer Tasche und zielte zwei Euro in den Joghurtbecher. Wenn jeder zwei Euro gibt, der an der da vorbeigeht, ist sie am Abend gut aufgestellt. Besser als ich, mir gibt keiner zwei Euro. Ihr war übel von den Tabletten, die sie im Bier aufgelöst hatte. Eigentlich sollte ich ihr die zwei Euro wieder abnehmen, dachte sie.

Sie kehrte um und gab der Bettlerin ihren Roller: »Für dich, kannst du verkaufen, hat sechzig Euro gekostet.«

Sie drehte der Bettlerin den Rücken zu und hörte sie schreien und drehte sich wieder um. Mit wehenden Röcken rannte die Bettlerin einem Burschen nach, der ihr den Roller entrissen hatte.

Sechzig Euro beim Teufel. Wer anderer als der Teufel soll dieser Bursche gewesen sein?

Sonja ging Richtung Karlsplatz, es war aber keiner da, den sie kannte. Fred nicht, Schuggi nicht, Corinna nicht, das Arschloch ohne Namen nicht. Ein sehr großer Mann fiel ihr auf, er hatte seine lockigen Haare zu einem Rossschwanz gebunden, er verhandelte gerade mit einem Anzugträger. Sie lehnte sich an die Wand und schaute zu, hoffte, er würde sie bemerken und ihr etwas umsonst anbieten. Sie drückte ihr Kreuz durch und öffnete die Haare, kämmte sie mit den Fingern. Was sie trug, war schäbig, beim Anziehen am Morgen hatte sie das nicht gedacht. Ein Freund aus Köln sagte »schäbbich«, das wollte sie in Zukunft auch sagen. Daran hätte man sie erkannt. Der Mann kam auf sie zu. Ein Riese mit grobem Gesicht. Einiges an Übergewicht, aber ein ordentlicher Mann.

Ganz zart sah er Sonja an und lange, dann sagte er: »Sehe ich richtig, bist du echt?« Und verneigte sich ungeschickt – oder war das geschickt? – und fügte mit rauchiger Stimme hinzu: »The Dude, mein falscher Name. Und deiner?«

Sonja überlegte, ihr fiel aber nichts ein, wegen der Tabletten und dem Bier im Schädel. Den Film, auf den sein falscher Name anspielte, den kannte sie.

»Sonja«, sagte sie, und damit auch etwas Lässiges dabei war: »Bitte, keinen Blondinenwitz!«

»Sehe ich so aus?«, sagte The Dude. »So primitiv?«

»Ja.«

»Du hingegen bist die Perfektion für mich. Mich wundert, dass kein Strahlenkranz um dich herum ist.«

Wenn sie in ihrem Tablettenloch steckte, war sie fast nichts. Sie hätte sich in diesem Zustand nicht mit ihrer Tochter treffen sollen.

»Hast du was für mich?«, fragte sie.

The Dude drehte ihr eine dünne Zigarette, nur mit den Fingern der rechten Hand, steckte sie an und reichte sie ihr. Sie zog kräftig, und ihre Knie wurden ein bisschen weich.

»Du bist mir einer«, sagte sie.

»Aber einer mit Manieren«, sagte er.

The Dude nahm sie am Arm, und sie ging mit ihm. Sie setzte sich neben ihn in die U-Bahn, sie ging hinter ihm her über die Stiege zu seiner Wohnung, sie ließ sich in einen Lehnstuhl fallen, der nicht von dieser Welt war. Es war kalt in der Wohnung. The Dude deckte sie mit einer Tigerdecke zu und drückte die Enden der Decke unter ihren Körper. Ihr wurde übel. Sie setzte sich aufs Klo und las in einem Comic, bis The Dude an die Tür klopfte. Er trug sie in sein Bett. Sie schlief ein, und als sie erwachte, lag sie auf seinem nackten haarigen Arm und dachte, ab jetzt ist er mein Riese. The Dude brachte Tee und Salamibrote. Er stellte einen Heizstrahler neben ihre Füße. Zwei Männer kamen herein, wahrscheinlich aus einem anderen Zimmer. Es waren Freunde, die bei ihm wohnten, weil sie nichts Eigenes hatten. Die Männer starrten Sonja an, als wäre sie eine Erscheinung, und The Dude erklärte, diese da sei ab jetzt seine Lady.

»Also Vorsicht!«

Und so blieb Sonja. Sie rief beim Sozialamt an und meldete, sie sei jetzt verlobt und habe etwas zum Wohnen. Da müsse sie schon selbst erscheinen, hieß es. Sie solle bei Gelegenheit mit ihrem Verlobten vorbeikommen, mit Ausweis und Arbeitsbestätigung, dann würde man weitersehen.

The Dude sagte nur: »Machen wir, Baby, kein Problem.«

Er zwängte sich in einen schwarzen Anzug, sie wusch sich die Haare. Er und sie: ein respektables Paar.

(3) Die Launen der Mutter

Missmutig schob Vev den Roller. Sie drehte sich nach ihrer Mutter um, die ihr einen Kuss nachwarf, aber darauf reagierte Vev nicht. Nie mehr wollte sie zu ihr. »Zu der da!« Das dachte sie jedes Mal und hatte sie oft schon gesagt, und immer wieder war sie dann doch zu ihr gegangen.

Sonja wohnte mit einer jungen Frau zusammen – bis zu diesem Tag –, die von einem Putzwahn beherrscht war. Du bewegst dich, egal, wie und wohin du dich bewegst, zwanzig bis dreißig Zentimeter hinter dir ist der Putzlumpen. Du willst dein Glas auf den Tisch stellen, aber noch bevor es den Tisch berührt, ist schon eine Hand da, und das Glas steht im Spüler, und der Spüler wird zugemacht. Die Mutter hatte aufgegeben zu kochen, einem Spiegelei folgte ein Putztag. Im Bad musste sich Vev die Nase zuhalten. Vom scharfen Geruch des Desinfektionsmittels musste sie husten, und es stach in ihrer Brust.

»Warum macht sie das?«, fragte Vev.

»Weil sie nicht normal ist«, antwortete ihre Mutter.

»Ja, aber, was ist der Grund?«

Sonja griff sich nur an den Kopf: »Vielleicht ist sie als Kind in den Mistkübel gefallen.«

»Und warum hat sie so einen Ausschlag an den Händen?«, fragte Vev.

Sonja ging der Frau aus dem Weg, sie hatte nicht den Mut, mit ihr zu reden. Sie fürchtete sich vor etwas, das in der Luft liegen könnte, etwas, das nach nichts roch. War Sonja zu Hause, sperrte sie sich in ihrem Zimmer ein. Sie lag im Bett und schaute sich am Computer Filme an. Was passiert, dachte sie sich, wenn ich einmal alle Filme gesehen habe? Ein Film mit Scarlett Johansson begeisterte sie. Sie sah sich selbst in der gelangweilten Frau, tagsüber mit Unterwäsche im Bett, abends auf Partys. Das mit den Partys war allerdings vorbei, hatte irgendwann aufgehört. Sich immer einladen zu lassen, ist würdelos, und es fehlte ihr an Kleidern und Schuhen. Sie war nicht die Frau, die für Champagner mit jemandem ins Bett ging. Da wurde sie völlig falsch eingeschätzt. Schlief sie mit einem, dann aus eigener Laune. Sie hatte die Tabletten abgesetzt, die man ihr im Spital verschrieben hatte, sie glaubte, sie brauche sie nicht mehr. Und wenn, wollte sie sich eigene besorgen. Sie bildete sich ein, alles im Griff zu haben.

Vevs Vater war hartnäckig gewesen. Jeden Tag hatte er Sonja Duftrosen vor die Füße gelegt. Er war schüchtern, das interessierte sie dann doch. Die Eroberung glich einer Filmszene, aber der ganze Film würde erst gezeigt, wenn sie ihn heiratete. Der Film würde mit einer Szene beginnen, in der sie ein Baby war und auf einem fremden Fußabstreifer lag. Fast so wie im echten Leben. Sie war bei Zieheltern aufgewachsen. Ihre Zieheltern waren Lehrer, sie konnte nichts Schlechtes über sie sagen. Sie hatten sie mit Anstand und ohne Zärtlichkeit aufgezogen. Dann ein langer langweiliger Mittelteil, dann das Ende des Films: Hochzeit. Das Ja aus eigener Laune.

Einmal in der Woche kam die Sozialarbeiterin, sie war hingerissen, wie sauber es in der Wohnung war.

Sonja sagte und hatte nicht nur einmal gesagt: »Das Problem sind die Desinfektionsmittel, ich kann nicht mehr atmen in dieser Wohnung.« Die Mitbewohnerin hatte sie scharf angesehen, die Sozialarbeiterin hatte sie scharf angesehen. Also Ende der Diskussion.

War Vev auf Besuch, blieben sie nur kurz in der Wohnung, tranken Cola in Sonjas Zimmer, dann gingen sie spazieren. Meistens am Donaukanal, weil man dort so schön ins Wasser schauen konnte und weil es dort so angenehm nach faulen Fischen roch. Immer wieder erzählte sie Vev, die Oma sei in die Donau gegangen, aber Vev verstand nicht. »Was heißt gegangen? Hineinspaziert und dann ertrunken?« Das konnte doch nicht sein. Wahrscheinlich log die Mutter.

Dann hatte Sonja die Idee mit den Stadtrollern gehabt. Zweimal waren sie zusammen unterwegs gewesen. Vev vorneweg, Sonja hinterdrein. Vev kam mit den Launen ihrer Mutter nicht zurecht. Sie wusste, wenn sie die Tabletten nicht genommen hatte, war sie unberechenbar. Manchmal auf der Straße nahm sie Vev an der Hand, und sie rannten auf fremde Leute zu. Die stoben auseinander. Das konnte lustig sein, war es aber eher selten. Manchmal wurde Sonja von Männern angeredet und eingeladen. Man saß in Gastgärten und trank Almdudler, wegen der Kleinen. Telefonnummern wurden in Vevs Notizbuch geschrieben, weil die Mutter nichts zum Schreiben dabei hatte. Es hieß dann: »Bring ruhig die Kleine mit, sie stört uns nicht.« Sie machten sich den Spaß, einen falschen Namen anzugeben und eine falsche Adresse. Und sie lachten, wenn sie sich ausmalten, dass die Männer an falschen Orten auf sie warteten.

Einmal sagte ein Fremder zu Vev: »Du kommst nach deiner Mutter, nicht vom Aussehen, aber vom Temperament.« Hieß das, sie würde genau so werden wie ihre Mutter? Wann war die Mutter eigentlich verrückt geworden?

Vev hatte die eine oder andere Telefonnummer vom Festnetz ihres Vaters aus angerufen. Meldete sich jemand, legte sie auf. Einmal war eine Frau am Telefon, die fragte sie nach ihrem Mann. Die Frau sagte, du klingst wie ein Kind, was willst du von meinem Mann? Da sagte Vev, nichts, aber meine Mutter will etwas von ihm. Sie erschrak, und der Schreck war an diesem Tag das Aufregendste gewesen.

Sonja war normal, wenn sie nicht verrückt war. Das sagte Vev sich vor: »Die Mama ist normal, wenn sie nicht verrückt ist.« Nahm die Mutter regelmäßig ihre Tabletten, funktionierte sie wie ein neues Auto.

The Dude brachte Sonja von den Tabletten weg, von den legalen und von den illegalen. Er behandelte sie mit Marihuana. Er sagte, das sei die einzig richtige Medizin für sie, das würden gute Ärzte auch verschreiben. Dünne Zigaretten, Gras aus biologischem Anbau, kein Tabak. Und Sonja beruhigte sich. Sie dachte, er ist mein persönlicher Arzt, ihm liegt an meinem Wohl, weil er mich liebt.

(4) Wenn das jetzt ein Gesicht wäre

Der Vater stand da, die Haare wie verregnet, vor der Haustür stand er und wartete auf seine Tochter. Vev kam ohne ihren Stadtroller. Er fragte sie, wie es bei der Mama war und wo ihr Roller sei.

Vev hatte den Roller in einen fremden Hauseingang geschoben, sie wollte alles, was von der Mama kam, beseitigen. Sie würde nichts mehr von ihr annehmen und nie mehr zu ihr gehen. Das hatte sie sich das letzte Mal auch schon vorgenommen und das vorletzte Mal auch. Sie hatte sich auch schon vorgenommen, allen zu erzählen, die Mama sei gestorben. Und war dann doch immer wieder zu ihr gefahren, in der U-Bahn, hatte sich sogar auf sie gefreut. Worauf hatte sie sich gefreut? Sie schaute auf ihre Knöpfe hinunter und dachte, unter dieser Jacke ist die Haut einer Verräterin. Sie schämte sich vor sich selbst, weil sie es nicht schaffte, nicht einmal, wenn sie die Hände vor den Mund hielt, ihrer Mama die Zunge herauszustrecken.

Sie stampfte auf. Der Vater meinte, es sei wegen des Rollers. Er meinte, sie habe ihn in der U-Bahn stehen lassen. So gut kannte er Vev, dass er es unterließ, sie zu fragen. Er wolle den Roller als vermisst melden, sagte er. Er hatte so eine Art, Sachen zu benennen und dabei die Lippen zu spitzen, weil er meinte, das sei kindgerecht.

Vev fiel das Mädchen ein, das zurzeit auf dem Infoscreen in der U-Bahn zu sehen war. Zwölf Jahre alt, aus einem Dorf in der Schweiz »ausgerissen«, lila gefärbte Haare. »Vermisst!« Sie könnte sich in der Drogenszene aufhalten, wurde vermutet. Zwölf Jahre alt und in der Drogenszene! Vev kam sich wie ein Baby vor, und wenn ihr Vater so mit ihr redete, wie ein niedlicher Hund, der ewig die gleichen niedlichen Kunststücke vorführen würde. Das musste sich ändern. Wäre sie mutig genug auszureißen? Und wohin? Sie könnte ja zum Beispiel in die Schweiz fahren. Und der Papa könnte die vermisste Schweizerin abholen und ihr den vermissten Roller schenken.

»Und deine Mütze?«, fragte der Vater.

»An ein armes Kind verschenkt.«

Vev wusste, dem Vater konnte sie alles erzählen. Er würde ihr alles glauben, weil er ihr alles glauben wollte, solange sie selber heil vor ihm stand. Und sie hatte ihn längst durchschaut: Für ihn war es am einfachsten, alles zu glauben.

Drinnen auf dem Sofa lagen Vevs Halbschwestern, sie stellten sich schlafend und kicherten dabei. Vor wem stellten sie sich schlafend? Vor Vev? Aber warum? Was war der Witz dabei? Es war nicht witzig, wenn zwei Schwestern auf einem Sofa lagen und wach waren, und es war nicht witzig, wenn sie auf dem Sofa lagen und schliefen. Und wenn sie so taten, als ob sie schliefen, obwohl sie wach waren, war das überhaupt nicht witzig. Sie blinzelten und sahen Vev vor dem Sofa stehen und sie anstarren und kicherten nun noch mehr, als wollten sie sagen: Hast du es nicht mitgekriegt, wir kichern! Vev starrte sie an, wie man einen Besen anstarrt oder einen Heizkörper, wenn man in Gedanken weit weg ist. Das konnten die beiden nicht leiden, das wusste sie.

Die Stiefmutter deckte den Tisch, es gab Kakao, Frankfurter und Laugenstangen. Sie schaute kurz auf und reichte Vev die Tasse: »Vorsicht, sehr heiß, Vev.« Das Schönste an der Stiefmutter war, dass sie an jeden Satz, den sie an Vev richtete, ihren Namen anhängte. Bei den eigenen Töchtern tat sie das nicht. Bei Vevs Vater tat sie das auch, aber nicht so oft wie bei Vev. Das Zweitschönste waren die Augenbrauen. Die waren nicht gerade oder geschwungen, sondern schräg, wie flache Dachgiebel. Ob die schon immer so waren? Oder erst so geworden waren? Die Stiefmutter sah aus, als würde sie immer denken, ich schaffe es nicht, ich schaffe es einfach nicht.

Vev aß stumm, den Kopf gesenkt, beantwortete keine einzige Frage, trank den Kakao, aß ihre Frankfurter mit ein bisschen Senf und viel Kren, der ihr in den Kopf schoss, dass sie hätte schreien wollen. Dann stand sie auf und ging in ihr Zimmer.

Der Vater rief ihr nach: »Wir sind noch nicht fertig!« Er lege Wert auf Manieren. Das hatte er bis vor kurzem an die zehn Mal am Tag gesagt. Und mit gespitzten Lippen hinzugefügt, das habe er von zu Hause vererbt bekommen, wie die dunkle Augenfarbe seiner Mutter. Und auf einmal, wie abgerissen, hatte er es nicht mehr gesagt. Woraus Vev schloss, dass er darauf aufmerksam gemacht worden war. Von wem?

Die Stiefmutter, die Natalie heißen könnte und zu der man Nati sagte, lächelte ihn an: »Lass sie doch! Geh ruhig, Vev.«

»Danke, Nati«, murmelte Vev.

»Ist schon recht, Vev«, murmelte sie zurück und murmelte absichtlich, damit Vev nicht auch noch für ihr Murmeln kritisiert würde. Vev erhaschte gerade noch ihren Blick, der sagte: Hab ich das diesmal richtig gemacht?

Vev konnte sich nicht vorstellen, dass Nati ihren Vater auf irgendetwas aufmerksam machte. Wer aber hatte ihm dann gesagt, er solle nicht dauernd auf seinen guten Manieren herumreiten? Das Wort »herumreiten« brachte sie drauf: Es konnte nur die Großmutter selber gewesen sein, von der er die Manieren angeblich geerbt hatte. Sonst würde kein Mensch, den Vev kannte, ein Wort wie »herumreiten« benützen. Vev roch die Feinde. Von allen Seiten kamen sie.

Sie warf sich auf ihr Bett und schlug mit den Fäusten in ihr Kissen. Wenn das jetzt ein Gesicht wäre, dachte sie, welches Gesicht wäre mir am liebsten? Das meiner Mutter? Das meiner Großmutter? Die Gesichter der Halbschwestern? Das Gesicht meines Vaters? Oder frischweg das eigene? Sie konnte sich für keines entscheiden.

Eines bot sich von selber an.

Das ihrer großen Halbschwester Maja. Maja war vierzehn Jahre alt und hatte bereits einen Busen, nicht kleiner als der ihrer Mutter. Und ein paar Pickel an der Stirn. Und ab Nachmittag roch sie nach Schweiß. Sie kam in ihr Zimmer und fragte, ob sie Vevs Rücken sehen dürfe, wann es endlich Pickel zum Ausdrücken gebe. Sie setzte sich auf die Bettkante.

»Ist deine Mutter immer noch schön?«

Vev murmelte.

»Ich würde sie gern einmal sehen«, sagte Maja und seufzte. »Wie kann jemand, der so lebt, so lange so schön sein!«

Vev murmelte.

»Das kann allerdings schnell gehen, praktisch von einem Tag auf den anderen«, sagte Maja, »dass so ein schönes Gesicht ratsch zusammenfällt. Und dann ist es aus.«

Maja wusste, dass mit Vevs Mutter etwas nicht stimmte, dass sie in einer Art behüteten Wohnung lebte. Das wusste sie von ihrem Vater, an dem Vev jeden Tag herumrechnete, ob er nun mehr ihr Vater oder der ihrer Halbschwestern war. Eine Hälfte für die beiden, die andere für mich, so war diese Rechnung bisher ausgegangen.

Maja gefiel es, sich Vevs Lügen anzuhören.

(5) Von Raubvögeln, Bären und Hunden

Der Name von Vevs Vater könnte Milan sein. Es gibt einen Vogel, der so heißt, einen Greifvogel. Milan, ein verzweifelter Name. Seine Mutter könnte ihn ausgedacht haben, die Oma mit den lila Haaren, die immer verzweifelt war, weil sie glaubte, etwas Besseres sein zu müssen, etwas Besonderes, eine, die ihren Sohn nicht einfach Franz oder Michael oder wenigstens Claude hätte nennen können.

Milan kam aus reichem Haus, hatte nie länger als ein paar Monate einen Job gehabt. Das Haus aber war bald schon aufgebraucht, schon die Mutter hatte vom Ererbten gelebt. Und von dem Ruf, den Ererbtes mit sich bringt und dem man treu bleiben muss. Der Ruf sagt zum Beispiel: Arbeit ist Scheiße, arbeiten tun die anderen. Milan kränkelte viel und wurde in seinem Kranksein von der Mutter bestärkt. So drückte er sich aus. Milan meinte, sich so ausdrücken zu müssen, dem Erbe zuliebe. Seine Mutter überwies ihm monatlich Geld, er hatte ihr dafür versprochen, einen Buchhaltungskurs zu belegen. Aber wozu hätte er eine Buchhaltung führen sollen? Geld kam, Geld ging.

Dann war wieder ein Monat vergangen.

Und einmal im Monat traf Vev ihre Mutter. Der Vater gab ihr Geld, Vev sollte seine Exfrau zum Essen einladen. Also eigentlich lud die Oma sie zum Essen ein. Die Oma hasste Vevs Mutter, sie hatte sie immer gehasst. Der erste Satz, den Sonja von ihrer Schwiegermutter gehört hatte, war: Hat er keine andere gefunden? Das hatte Sonja ihrer Tochter erzählt, und das nicht nur einmal.

Vev sah ihre Mutter aus der U-Bahn aussteigen, ein Zweimetermann mit Bart neben ihr. Hinter ihnen tappte ein Hund nach. Sonja war aufgedreht und peinlich laut, schon von Weitem. »Mein Kind, mein Kind!«, rief sie, sodass sich alle umdrehten. Und hüpfte um Vev herum, in ihren lächerlichen Kleidern. Als wäre sie ihre jüngere Schwester. Als hätten sie einander seit Monaten nicht mehr gesehen. Sonja wollte die Welt an allem teilhaben lassen, immer wollte sie das.

Auf den Stufen saß eine Bettlerin, die sang wunderschön. Sonja stieß ihren Freund in die Seite und sagte, er solle sich das anhören, er verstehe doch etwas von Musik. Er blieb stehen, nickte kennerisch, zog eine Rolle Geld aus der Tasche und gab der Frau einen Hunderteuroschein.

Sonja sagte zu Vev: »Schau dir das an! So ist er! Das ist mein Mann!«

Die Bettlerin schaute ungläubig auf das Geld, dann beugte sie sich vor und küsste ihm die Schuhspitzen. Vev war das unglaublich peinlich. Der Mann hielt ihr die offene Hand entgegen: »Give me five«, aber Vev reagierte nicht. Zum Essen würde sie die beiden nicht einladen. Das allerdings hieße, sich auf die Seite der Oma zu stellen, und wenn Vev irgendwo nicht stehen wollte, dann dort.

Die Mutter erzählte, dass sie jetzt bei ihrem Freund wohne, eben bei dem da, und dass sie gemeinsam beim Sozialamt gewesen seien und dass der Freund, den alle »The Dude« nennen, nämlich nach einem der besten

Filme der Welt, dass The Dude die Frau am Schalter über alles informiert habe und dass die Frau nun mit allem einverstanden sei, dass also ein neues Leben beginne, ein gutes Leben. Sonja hatte ein Formular ausfüllen und versprechen müssen, einmal in der Woche im Amt zu erscheinen.

»Ich heiße Vev«, sagte Vev und hielt dem Mann nun doch ihre Hand hin. Und entgegen ihrem Vorsatz, nie auch nur irgendeinen Menschen zu mögen, mochte sie ihn.

Er sagte: »Angenehm.«

So war es gewesen: The Dude kannte einen Baumeister, über den er einiges wusste – »Drücken wir es einmal so aus« –, und dieser Baumeister stellte ihm die Wohnung zur Verfügung – »Drücken wir es einmal so aus« –, und das war nun seine neue Adresse. The Dude bekam von dem Baumeister auch eine Arbeitsbestätigung. Sonja wurde angestellt, sie bezog ein paar hundert Euro im Monat und war versichert. Die paar hundert Euro gab The Dude dem Baumeister zurück, da war er korrekt. Sonja tat ja nichts, für Nichtstun soll der Mensch nicht bezahlt werden. Sonja *war*, sie *war* einfach. Und für das bloße Sein brauchte der Mensch eine Versicherung, und für die Versicherung sollte der Baumeister aufkommen.

Die Frau vom Sozialamt hatte die Wohnung besichtigt und war mehr als zufrieden, sie war angetan von The Dude. »Er ist ein Guter«, flüsterte sie Sonja zu, laut genug, dass er es hörte. Sonja würde den großen Mann heiraten, er versprach auch, dafür zu sorgen, dass sie regelmäßig ihre Medikamente einnahm. Er war so souverän gewesen und hatte die Frisur der Für-

sorgefrau gelobt und sich für ihr Verständnis bedankt
und einen Handkuss angedeutet.

(6) Der Hundeflüsterer

Die Sonne schien, die Wiese im Stadtpark war trocken, Sonja und The Dude streckten sich aus. Sie zog ihm das Hemd aus und legte sich mit dem Gesicht auf seine haarige Brust.

Vev saß daneben und wartete, was passieren würde. Der Hund sah verwildert aus, sie traute sich erst nicht, ihn zu streicheln. Dann aber, als er sie umkreiste und sich auf ihre Beine setzte, sagte sie zu ihm: »Wie heißt du?«

»Er heißt Nemo«, sagte The Dude. »Das heißt Niemand.«

»In welcher Sprache?«, fragte Sonja.

»In seiner Sprache.«

»Woher weißt du das?«

»Er hat es mir gesagt.«

Sonja wandte sich an Vev: »Der Hund hat ihm gesagt, wie er heißt. Das hast du doch auch gehört?«

Vev antwortete nicht. Wäre The Dude ihr Vater, wüsste sie, wie dieses Gespräch weiterginge. Ihr Vater würde stur bleiben und weinerlich werden und die Mundwinkel nach unten ziehen wie ein Kind, das Grießmus will und Grießmus nicht kriegt. Und die Mutter würde sich mit zwei Sätzen Anlauf in einen Anfall hineinsteigern, dass die Leute neben ihnen sich entweder verdrückten oder die Polizei riefen.

Sonja wiederholte, nun aber nach rechts und links in die weite Welt hinaus: »The Dude weiß, wie der Hund heißt, weil es ihm der Hund gesagt hat.«

»Das ist korrekt wiedergegeben«, sagte The Dude, kein Grinsen war in seinem Gesicht. »Nur eine kleine Ergänzung: Nemo ist lateinisch. Woher der Hund dieses Wort hat, hat er mir nicht gesagt. Hunde antworten nicht auf alle Fragen. Menschen ja auch nicht.«

»Du verarschst mich«, sagte Sonja. »Das ist schon okay, das ist total okay, dagegen habe ich nichts.«

»Ich verarsche dich nicht, das würde ich nie tun«, sagte The Dude. »Ich habe Respekt vor dir. Ich würde einen Witz machen, aber dich verarschen würde ich nicht. Ich würde einen Witz machen, und nach einer Minute würde ich den Witz aufklären.«

»Gut«, sagte Sonja, »warten wir eine Minute.« Sie schaute auf die Uhr. »Von jetzt an.«

Der Hund ließ sich von Vev streicheln. Er stand vor ihr, sein Kopf nahe an ihrem Gesicht, und sah sie neugierig an. Vev hatte irgendwo gehört oder gelesen, man soll einem Hund niemals in die Augen sehen, aber sie konnte nicht anders. Diesem hier, dem sah sie in die Augen, und sie dachte, der denkt sich, ich schaue genauso neugierig wie er. Sie kraulte ihn am Hals. Er drehte den Kopf, damit sie ihn an einer Stelle kratze, wo es ihn juckte.

»Die Minute ist vorbei«, sagte Sonja. »Und jetzt?«

»Was jetzt?«, fragte The Dude.

»Jetzt klärst du den Witz auf.«

»Welchen Witz?«

»Du hast gesagt, wenn du einen Witz machst, klärst du ihn nach einer Minute auf. Also?«

»Ich habe ja keinen Witz gemacht.«

»Du hast gesagt, der Hund hat dir erzählt, wie er heißt.«

»Das ist korrekt wiedergegeben.«

»Es ist also kein Witz.«

»Nein.«

»Hunde können sprechen.«

»Sie können Laute von sich geben, und manche Menschen können diese Laute verstehen.«

»Das heißt, wenn der Hund bellt ... zum Beispiel so ... Wau warau rrrr wau ... dann verstehst du: Mein Name ist Nemo, das heißt Niemand, auf Lateinisch.«

»Genauso ist es. Nur dass Wau warau rrrr wau etwas anderes heißt.«

»Und was heißt Wau warau rrrr wau?«

»Das heißt nichts. In der Sprache der Hunde heißt das nichts. Der Hund würde denken, was redet sie für einen Kauderwelsch.«

»Du meinst, ich kann die Sprache der Hunde nicht.«

»Ich kann sie dir beibringen«, sagte The Dude und küsste Sonja auf den Mund. Nun schmusten sie sich gegenseitig das Gesicht ab, und es schien, als hätten sie den Hund und Vev vergessen.

Vev war es, die fragte: »Wie geht die Hundesprache?«

The Dude wischte sich den Mund ab. »Ist relativ einfach. Tiere sind ja doch nicht so intelligent wie Menschen, darum ist auch ihre Sprache einfacher.«

»Schau mich an!«, sagte Sonja, aber sie sagte es wieder nicht, wie sie es zu Vevs Vater gesagt hätte. Sie sprach ruhig und lächelte ihn dabei an, und die Verliebtheit war in ihrem Gesicht, als hätte man das Gesicht mit Verliebtheit angesprüht. »Schau mich an, Honey!«

»Ich schau dich an, Darling.«

»Und nun sag mir: The Dude versteht die Sprache der Tiere.«

»The Dude versteht die Sprache der Tiere.«

»Gut«, sagte Sonja und strich mit ihrem Zeigefinger, an dem ein scharfer langer roter Nagel war, sacht über seine Wange. »Gut, dann glaube ich dir. Und du«, zu Vev, »du glaubst ihm gefälligst auch.«

»Ja, Mama«, sagte Vev.

Sonja legte sie wieder zurück und seufzte: »Ich habe einen Mann, der kann mit Tieren sprechen. Hat es das je schon gegeben?«

»Hat es«, sagte The Dude, »der Heilige Franz von Assisi.«

Sonja zog The Dude zu sich hinunter, schlang ihre Arme um ihn. »Bitte, verdirb es jetzt nicht, bitte.«

Da bellte der Hund, und sofort saß Sonja aufrecht da. Sie und Vev starrten einander an. Vev spürte ihr Herz in der Brust schlagen.

»Was hat er gesagt?«, fragte Sonja.

»Ob wir von ihm reden, hat er gefragt«, sagte The Dude.

»Kannst du ihm etwas von mir ausrichten?«, fragte Vev.

»Gern«, sagte The Dude. »Was denn?«

»Das möchte ich lieber nicht laut sagen.«

»Dann sag's mir ins Ohr.«

Vev schaute ihre Mutter an, aber die lächelte nur. Ein wenig wackelig war das Lächeln, aber es war eindeutig ein Lächeln. Sie flüsterte in sein Ohr: »Kannst du ihm sagen, dass er mir gefällt und dass ich ihn lieb habe.«

The Dude nickte ernst. Er zog den Hund am Halsband zu sich her und flüsterte ihm ins Ohr.

Sonja seufzte. Sie seufzte, wie man in solchen Situationen in Spielfilmen seufzt. »Wenn du lügst«, sagte sie, »mach ich dich um ein Stück kürzer.«

Dann küssten sie einander wieder, und Sonja rollte sich auf The Dude. Einen Hund zu lieben schien Vev kein Verrat an ihren Grundsätzen zu sein. Sonja und The Dude bemerkten gar nicht, als sich Vev mit dem Hund entfernte, so beschäftigt waren sie.

(7) Die Scheidung

Es war eine Gewohnheit von Milan, vor der Tür des Mietshauses auf seine Tochter zu warten. Er betastete mit der Hand den Verputz. Wenn man kräftig darüber fuhr, konnte man sich verletzen. Vor Jahren, in Verzweiflung über Sonja, hatte er sich überlegt, sein Gesicht am Verputz zu reiben. Blut würde ihm vom Gesicht tropfen, und Sonja würde ihn verarzten, sie hätte zart über sein Gesicht streichen müssen. Das geschah in Wahrheit nie. Noch heute war er unschlüssig, ob ein Mensch von einem anderen Zärtlichkeit einfordern soll oder nicht. Vielleicht gab es ja Menschen, die gar nicht auf die Idee kamen und dankbar waren, wenn man ihnen diesbezüglich einen Hinweis gab. Er bezweifelte allerdings, ob Sonja dazu zählte. Andeutungen im Bett, ob sie das eine oder andere, nichts Ausgefallenes, mit ihm machen könne, keine Forderungen, um Gottes willen, nein, nur zaghafte Andeutungen, hatten zu prompten Wutanfällen geführt. Daraus hätte man schließen können, dass sie sich nichts sagen lassen wollte. Aber vielleicht wäre dieser Schluss gar nicht richtig gewesen. So weit waren seine Überlegungen schon damals gegangen. Was macht sie eigentlich wütend?, hatte er sich gefragt. Und er war sich sicher gewesen, nicht was er wollte, brachte sie so in Rage, sondern *wie* er es ihr sagte. Sofort rutschte seine Stimme zurück, und der ganze Mann wurde Demut. Sogar wenn er allein mit sich im Zimmer war, kein Ohr weit und breit, kam er ins Stammeln. An so einen war nicht mit Lust heranzugehen.

Vev war pünktlich. Sie kam meistens ein paar Minuten zu früh. Sonja wohnte am anderen Ende der Stadt. Milan kannte die Adresse nicht, was ihn beunruhigte. Sie hatte nichts Fixes. Einmal wohnte sie bei einer Freundin, dann in einer behüteten Wohngemeinschaft. Nichts mehr war von ihr in der Wohnung, nicht einmal eine Haarspange, von Wäschestücken nicht die Spur, kein Fingerabdruck. Nach ihrem Auf-und-Davon hatte er nicht nur einmal die Wohnung durchgeputzt, aber jeden Tag fand er eine neue Frage. Erst beruhigte er sich, all diese Fragen hätten mit Vev zu tun, schließlich sei es ja seine Pflicht als Erziehungsberechtigter, sich zu erkundigen, in was für einem Umfeld seine Tochter alle vierzehn Tage sich aufhalte. Was zum Beispiel hieß »behütete Wohngemeinschaft«? Wovor wurde man behütet? Vor Dealern? Oder vor sich selbst? Wer war die Freundin, bei der Sonja zwischendurch wohnte? Wenn er Vev fragte, sagte sie entweder nichts, und er wusste, er könnte ihr tausend Jahre Fernsehverbot auferlegen, sie würde weiter nichts sagen, oder aber sie berichtete von sich aus, nämlich, dass sie gar nicht bei ihrer Mutter zu Hause gewesen sei, sondern mit ihr durch den Prater spaziert oder am Brunnenmarkt in einem Kaffeehaus gesessen sei.

Milan war seit fünf Jahren von Sonja geschieden. Er hatte die Scheidung eingereicht, was aber nicht heißt, dass er seine Frau verlassen hatte. Sie hatte ihn verlassen. Barfuß war sie gegangen, eines Morgens, an einem heißen Augusttag. Sie war jeden Tag aus dem Haus gegangen, so als hätte sie eine Arbeit. Sie hatte natürlich keine Arbeit, sie war gar nicht in der Lage zu arbeiten. Arbeit heißt ja in den meisten aller Fälle, mit jemandem zusammenarbeiten. Unmöglich! Jeden Morgen hatte sie die Wohnung verlassen, war aber nicht mit dem Lift nach unten gefahren, das tat sie nie. Acht Stockwerke ging sie hinunter, über mindestens zwei Stockwerke konnte man ihre nackten Füße auf den Steinstufen hören. An diesem Augustmorgen war etwas anders gewesen. Schlaff und müde war sie gewesen, als hätte sie endlich, endlich nachgegeben. Wem nachgegeben? Auch ihr Gesicht war schlaff gewesen, der Mund offen. Aber sie hatte keine Drogen genommen. Milan wusste, wie seine Frau war, wenn sie Valium intus hatte oder Xanor oder Rohypnol. An diesem Augusttag ging sie mit hängenden Schultern und kam nicht wieder. Irgendwann, da war schon September, stand sie vor der Tür, wollte nicht hereinkommen, wollte Vev nicht sehen, wich vor seiner Stimme zurück, sagte nur: »Bitte, reich du die Scheidung ein. Ich weiß nicht, wie das geht. Tu mir den Gefallen.« Und er hatte es getan. Er hatte alles richtig gemacht. Er wusste nicht, was er nicht richtig gemacht hätte. Aber er wusste, warum er alles richtig gemacht hatte. Um sie zu beschämen. Und warum wollte er sie beschämen? Weil er meinte, sie funktioniere wie er. Wenn er beschämt war, verwandelte er sich in einen Bettvorleger und war bereit, alles zu tun, alles zu erleiden, wenn ihm nur verziehen würde. Aber Sonja war nicht wie er. Dass er alles richtig machte, brachte sie zur Raserei. Er hatte auf ihr Bitten hin die Scheidung eingereicht, hatte Teilschuld zugegeben, damit das Gericht nicht eingeschaltet werden musste, war brav gewesen, wie einer nur brav sein konnte, und dann drehte sie durch. Sie warf ihm alles Mögliche vor und fluchte vor dem Beamten, dass er sie fertig mache. Behauptete, er habe sie seelisch gequält, bis sie verrückt geworden sei, behauptete, er habe sie seinen Freunden angeboten, was er nie und nimmer getan hatte. Einmal hatte er zwei Freunde eingeladen und Sonja vor ihnen gelobt, hatte ihre Schönheit gelobt, weil er eben stolz auf sie war, und sie hatte sich vor ihnen im Kreis gedreht, ohne dass er sie dazu aufgefordert hatte. Und selbst wenn, was wäre dabei gewesen! Sie hatte ihn mit Briefen belästigt, hatte Beschimpfungen auf die Hauswand gesprüht, unten beim Eingang. Die Hausbewohner kannten einander nicht gut, wussten aber, wer gemeint war. Ohne lange Diskussion hatte er die Reinigung bezahlt.

(8) Sie war wie eine Oper

Einmal war Sonja ins Haus gelangt und hatte sich auf den Fußabstreifer vor die Wohnung ihres Exmannes gelegt. Das war ein Jahr nach der Scheidung gewesen, dazwischen war Ruhe. Er glaubte, sie habe sich beruhigt, er hatte eine neue Beziehung und hoffte, sie habe auch eine.

Nati fand sie. Sonjas Rock war hochgeschoben und die nackten Beine mit der Jeansjacke zugedeckt. Nati, die Barmherzige, führte sie in die Wohnung, Sonja ließ sich führen, kurz habe sie gedacht, erzählte Nati später, gleich wird sie ausholen und mir ins Gesicht schlagen, aber nichts sei geschehen. Nati gab ihr Kaffee zu trinken und ein Punschtörtchen vom Vortag. Während Sonja aß, rief sie heimlich bei Milan an, der damals eine Arbeit hatte, und Milan rief bei Sonjas Sozialarbeiter an, und der holte Sonja ab. Sie nahm seinen Arm. Tat so, als wäre er ihr Neuer, tat so, als hätten sie sich hier verabredet.

Die Jeansjacke vergaß sie in der Küche. Nati wusch sie zweimal, und Maja zog sie in die Schule an.

Irgendwann war etwas mit Sonja geschehen. Sie wurde zu einer Bedrohung. Für sich. Für Milan. Für Vev. Für alle. Sie wurde in eine Anstalt eingewiesen. Damit hatte Milan nichts zu tun. Er bedrängte den Sozialarbeiter, der die Einweisung veranlasst hatte, ihm schriftlich zu bestätigen, schriftlich, dass er damit nichts zu tun habe, dass zwischen ihnen das Wort »Einweisung« nie gefallen sei. Der Mann sagte, das sei absurd, da rastete Milan aus. Wie Milan eben ausrastete: Er wurde kurzatmig, mehr war nicht. Er brauche diese Bestätigung, sagte er, sonst werde sie ihm vorwerfen, er habe sie für verrückt erklären wollen. Sie werde ihre gemeinsame Tochter gegen ihn aufhetzen und ihn in den Selbstmord treiben. Der Sozialarbeiter stieß ihn von sich und sagte: »Sie selbst will eingewiesen werden, warum wollen Sie das nicht kapieren?«

Was sollte das heißen, eine Bedrohung? Vev kannte sich nicht aus. War die Mama bewaffnet auf Leute zugelaufen? Hatte sie überhaupt eine Waffe? War sie übergeschnappt? Bisher hatte Vev dieses Wort nie gehört, immer nur gelesen. Was man nur liest und nicht hört, das gibt es nicht. Das gibt es eben doch. »Überschnappen« – als hätte sie ein paar Mal zu viel leer geschluckt.

»Sonja war wie eine Oper«, erzählte und erklärte Milan den wenigen Freunden aus der Vergangenheit, die sich erkundigten, erzählte und erklärte mit Stolz und schlechtem Gewissen. Man fragte: »Was meinst du damit? Kein Mensch ist wie eine Oper.« Und dann hatte er freies Feld. Und breitete sich darin aus, konnte sich der Aufmerksamkeit sicher sein. Er gab an mit seiner Exfrau, die im Irrenhaus war. Vorübergehend. Er selbst fand sich auf einmal durchaus interessant – ein Mann, der mit einer Frau verheiratet war, die ... und so weiter und so fort.

Er übertrieb und beschönigte, wenn er zu viel übertrieben hatte, und übertrieb gleich wieder. Sie sei immer schon wie eine Operndiva gewesen, sagte er. Er, der höchstens zwei- oder dreimal in der Oper gewesen war. »Immer schon schrie sie herum, um sich gleich darauf vor Hingabe auf den Boden zu werfen und um Verzeihung zu bitten.« Das glaubte ihm niemand. Das Schreien schon, aber das Hinwerfen und um Verzeihung bitten, das glaubte ihm niemand. Manche glaubten, er selber sei auf dem besten Weg, verrückt zu werden. Mancher dachte, den liefern sie auch irgendwann ein, dann können die beiden Wiedersehen feiern.

Milan wollte alles tun, um Sonja zu retten. Das versprach er seiner Tochter. »Vertrau dem Papa!«, sagte er. Sonja rettete sich selbst. Ohne dass allzu viele Tabletten nötig gewesen wären, rappelte sie sich auf und marschierte nach einem Monat gesund und munter in die Welt hinaus.

Das alles erzählte Milan wieder und wieder und in Variationen seiner Tochter, die es nicht mehr hören konnte und eigentlich nie hatte hören wollen.

Milan erinnerte sich an eine Szene, sie waren erst kurz verheiratet: Er liebte es, mit Sonja auszugehen, weil ihr die Leute nachschauten, sie war ungewöhnlich und wusste es und spielte. Deswegen kamen sie ins Streiten, wegen dem dauernden Flirten mit irgendwelchen fremden Männern. Sie gingen am Donaukanal entlang, und plötzlich fing sie an zu schreien und riss an ihrem Kleid, dass es nur mehr so herunterhing. Zwei Männer fragten, was los sei, und sie sagte, er wolle sie vergewaltigen. Da verprügelten ihn die Männer, bis er am Boden lag und sich nicht mehr bewegen konnte. Es hatte nichts genützt zu behaupten, er sei ihr Mann, sie glaubten ihm nicht. Sonja war weggerannt, hatte ihn liegen lassen. Nach Stunden wurde er mit der Rettung nach Hause gebracht, aber die Tür war verschlossen. Sie wurde eingetreten, weil Milan die Vermutung aussprach, sie könnte sich etwas angetan haben. Er meinte, vor lauter schlechtem Gewissen. Sonja lag unter ihrer Decke und sagte, sie habe Nervenschmerzen und schuld daran sei das Fernsehen. Da hatte sich Milan zum ersten Mal überlegt, sich von seiner Frau zu trennen. Aber er blieb bei ihr und glaubte jedes Wort, das sie nicht sagte. Im Geheimen dachte er gern an diese Szene, er gefiel sich. Jetzt war alles vergangen. Der Film war abgelaufen. Es gab keine Kopie.

Milans Mutter hatte sich mit der Scheidung schwergetan. Sie gehörte einer Generation an, in der man durchhielt, in guten und in schlechten Zeiten.

»Ich war gegen diese Ehe. Aber du hast sie nun einmal geheiratet, und jetzt bleibt es dabei!«

Milans Vater pfiff auf die Leute: »Milan ist ein Mann, obwohl er keiner ist. Ohne Frau ist dieser Mensch aufgeschmissen.«

»Dieser Mensch ist immerhin dein Sohn! Wärst du nicht so streng mit ihm gewesen, hätte er sich nicht zu mir flüchten müssen!«

Zwischen den beiden entsprach so gut wie nichts der Wahrheit.

(9) Sie glaubte an das, was sie sah

Vevs Stiefmutter war eine klar denkende Frau. Sie glaubte an das, was sie sah. An anderes glaubte sie auch, aber zuvor musste sie jemand davon überzeugen. Gute Argumente konnte sie von schlechten unterscheiden.

Sie hieß Natalia und wurde seit je Nati genannt. Anfänglich hatte sie sich dagegen gewehrt. Sie selbst vermied es, Namen zu verniedlichen.

Sie hatte Milan im Krankenhaus kennengelernt. Sie war Krankenschwester und hatte sich, als sie ihn das erste Mal im Bett liegen sah, in ihn verliebt. Er wirkte sanft. Er wirkte hilflos. Blasse Männer wirken hilflos. Milde Männer können bei manchen Frauen mit Nachsicht rechnen. Die schwarzen Haare auf dem Kissen, ein wenig lang, kein Haarschnitt eigentlich, unter den Augen Schatten – so einen Mann erträumt man sich. Hilflosigkeit regte ihre Fantasie an. Noch hatten sie kein Wort miteinander gesprochen.

Milan war wegen einer »Nervenschwäche« eingeliefert worden, ihm hatten die Beine versagt, er konnte nicht mehr. Das war bald nach seiner Scheidung gewesen. Sonja quälte ihn.

»Sonja quält mich«, war der erste Satz, den er, im Bett liegend, auf die Ellbogen gestützt, zu Nati sagte.

»Wer ist Sonja?«, hatte sie gefragt. Sie meinte, er spreche aus dem Halbschlaf heraus, aus einer Verwirrung, wegen der Medikamente.

»Meine Exfrau«, sagte er.

»Haben Sie von ihr geträumt?«

»Sie verfolgt mich.«

»Im Traum?«

»In meine Träume würde ich sie nie lassen«, sagte er. »Zutritt verboten!«

»Und wer darf Ihre Träume betreten?«, fragte Nati.

»Meine Tochter zum Beispiel.«

Nati war beruhigt. »Und wie heißt Ihre Tochter?«

»Genoveva.« Milan hustete. »Wir nennen sie Vev.« Er hustete so stark, dass er sich aufrichten musste.

»Ich kenne niemanden, der Genoveva heißt«, sagte Nati. »Ich kenne den Namen, aber nicht einmal ein Buch, in dem dieser Name vorkommt. Gibt es eine heilige Genoveva? Wann hat Ihre Tochter Namenstag?«

Während Nati all das fragte, stützte sie Milans Rücken, um ihm das Husten zu erleichtern. Sie glaubte ihm das Husten nicht, als Krankenschwester kannte sie sich damit aus. Sie meinte, er huste nur, damit sie seinen Rücken stütze. Das rührte sie.

»Ich weiß nicht, warum sie Genoveva heißt«, seufzte Milan und ließ sich wieder aufs Bett sinken. »Ich habe der Bitte meiner Mutter nachgegeben. Ich weiß auch nicht, wann Vev Namenstag hat oder ob überhaupt. Wir feiern nur Geburtstag.«

»Und wer hat sich die Abkürzung ausgedacht?«, fragte Nati weiter.

»Meine Exfrau.«

»Und was stellt Ihre Exfrau an, um Sie zu quälen?«

Da hatte Milan nur eine Handbewegung gemacht.

Vev war bei Milans Mutter untergebracht. Sie vermisste ihren Papa. Das erzählte Milan seiner Krankenschwester, die ihre Pflichten vernachlässigte, weil sie nur noch bei dem milden Mann war, seinen Rücken stützte, seine Hand hielt, ein feuchtes Tuch auf seine Stirn legte und per Du mit ihm war.

»Woher weißt du eigentlich«, fragte sie, »dass man Nati zu mir sagt?« Sie hatte sich ihm mit Natalia vorgestellt, in der Hoffnung, einmal klappt es.

»Sagt man das?«, rief er aus. Er tat, als würde er staunen. »Ich habe mir das ausgedacht.«

»Und warum?«

»Es klingt wie eine Süßigkeit ... Nein, entschuldige! Aber süß klingt es. Ich meine es anders, als jemand anderes es meint. Ich meine es so ... ich kann es nicht ausdrücken ... Hoffentlich habe ich mir jetzt nichts versaut.«

Da gab sie ihm einen Kuss. Den ersten. Den zweiten gab er ihr.

Tatsächlich hatte er einen Pfleger nach ihr gefragt: »Wie heißt die nette Brünette?«

»Meinen Sie Nati?«

»Ja, ich meine Nati.«

Nati wollte ab sofort Milans Nati sein. Sie hatte eine schwierige Ehe mit einem verzagten Mann hinter sich, der sie oft und oft und oft betrogen hatte, um seiner Verzagtheit Herr zu werden. Zwei Mädchen hatte sie, eine Maja, die war dreizehn, und eine Fritzi, die war erst vier (sie sagte »Friederike«, bis die Kleine selbst sie korrigierte). Sie hatte nur geglaubt, was sie sah. Liebhaberinnen und Liebhaber ihres Mannes sah sie nicht. Und als ihr einer davon erzählte, sagte sie, davon wolle sie sich erst überzeugen, vorher glaube sie es nicht. Und der Verräter überzeugte sie. Das war grausam gewesen. Zur gleichen Zeit war in Japan ein Atomkraftwerk in die Luft geflogen, das war natürlich viel grausamer. Aber Nati litt mehr unter dem Betrug ihres Mannes. Sie ließ sich scheiden.

Milan konnte Nati zum Lachen bringen. Und zum Nachdenken, er war interessant. Zu ihrer Freundin, die schön war wie eine Schauspielerin aus der Schwarz-Weiß-Zeit und derb wie ein Fußballtrainer, sagte sie: »Er bringt mich zum Lachen und zum Nachdenken.«

Die Freundin sagte: »Wie bist du auf die Idee gekommen, ehrlich?«

»Das ist doch keine Idee, das ist eine Tatsache.«

Die Freundin bohrte weiter: »Wer hat es zum ersten Mal ausgesprochen – ›du bringst mich zum Lachen und zum Nachdenken‹ –, wer, du oder er?«

»Was soll das!«, empörte sich Nati. »Ich natürlich. Ich habe gesagt, jetzt eben habe ich es zu dir gesagt: ›Er bringt mich zum Lachen und zum Nachdenken.‹ Traust du mir nicht zu, dass ich selber auf so eine Formulierung komme?«

Die Freundin schaute sie mit ihrem niederträchtigsten Grinsen an und sagte nichts.

Da gab es Nati zu: »Also gut. Ich habe ihn Folgendes gefragt … Lach mich jetzt aber bitte nicht aus! Wir haben herumgeblödelt. Spaß gemacht. Und da habe ich ihn Folgendes gefragt: ›Angenommen‹, sagte ich, ›ich wäre du, und du wärst ich, was würdest du dann über dich sagen?‹ Also … was er über sich selber sagen würde … aber aus meinem Mund … er sollte so tun, als sagte er es aus meinem Mund.«

»Ich habe dich verstanden, Nati«, sagte die Freundin und öffnete den Mund, als gäbe es gleich etwas zum Zubeißen. »Und was hat er gesagt?«

»Das.«

»*Was* hat er gesagt?«, triumphierte die Freundin.

»Er sagte: ›Milan bringt mich zum Lachen und zum Nachdenken.‹«

»Er sieht sich also als einen, der dich zum Lachen und zum Nachdenken bringt.«

»Na und!«

Mehr war Nati nicht eingefallen.

Bald schon lernte Nati Vev kennen und fand sie einfach lieb. Sie wollte sich ihr vorsichtig nähern, sie ohne Waffen erobern, aber ihre Hand war schwer, als sie über Vevs Wange streichelte. Sie fürchtete sich vor ihren Mädchen. Vor allem vor Maja fürchtete sie sich. Maja war der Tyrannosaurus Rex der Familie. Und hässlich. Nicht einmal der Mutterblick konnte sie schön machen. Wenn ich zu nett zu Vev bin, dachte Nati, wird Maja sie zerfetzen. Wenn ich zu Vev aber nicht nett bin, wird sie sich zurückziehen und mich bald hassen, und das Zusammenleben mit Milan wird grausam. Aber Nati machte fast alles richtig.

(10) Natis Entscheidung

Natis Töchter fielen über Vev und ihren Koffer her, bis sie alles von ihr kannten. Die kleine Fritzi schaute, was ihre große Schwester tat, und machte es nach. Maja durchstöberte Vevs Sachen, hielt jedes Stück in die Höhe, um es zu kommentieren. »Dieser Slip ist dir zu groß, den kannst du mir geben! Der Pulli da ist süß, der ist etwas für Fritzi, in drei Jahren. Aber du kannst ihn ihr jetzt schon geben, sie passt darauf auf.«

Vev weinte sich bei ihrem Vater aus. Milan mochte die beiden Mädchen nicht. Er mochte sie tatsächlich nicht, nicht nur nicht, weil er es Vev hatte schwören müssen. Hinter Majas Rücken blähte er sich auf oder schielte, was heißen sollte: So siehst du aus. Die schönste Zeit für Vev war, wenn Nati Nachtdienst hatte, dann kroch sie zu ihrem Papa ins große Bett und wärmte sich an ihm. Daraus leiteten die anderen das Recht ab, bei nächster Gelegenheit zu ihrer Mutter zu kriechen, sodass Milan das große Bett verlassen musste. Weil aber sowohl Maja als auch Fritzi nicht wollten, dass er in ihrem Bett schlief, legte er sich im Wohnzimmer auf die krumme Couch. Nati kam zu ihm, wenn ihre beiden eingeschlafen waren, und sie legten sich gemeinsam auf den Wuschelteppich vor dem Fernseher und deckten sich mit einer Tuchent zu. Am Morgen hatte Nati Rückenschmerzen. Aber schließlich war Milan immer noch dünnhäutig und empfindlich wie ein Neugeborener und blass und mild, und es war nicht gut, ihn in der Nacht allein zu lassen.

Die Belästigungen durch seine erste Frau hatten aufgehört. Ein halbes Jahr lang hatte Milan Ruhe, dann fingen die Schikanen wieder an. Briefe mit Kot schickte sie und alles Böse, was ihr einfiel. Zum Beispiel eine Serie von Flüchen, die sie aus dem Internet abgeschrieben hatte und die, wie es dort hieß, zur sicheren Vernichtung des Feindes führten. Nati fing die Briefe ab. Der Postbote kam sehr früh am Morgen, wenn Milan noch schlief, und sie ließ sie verschwinden. Den einen oder anderen Brief bekam er allerdings zu sehen. Dann vermisste er Sonja, und er fand nichts dabei, das Nati zu sagen.

»Hinter ihrem Zorn versteckt sich Liebe«, sagte er.

»Und was vermisst du an ihr?«, fragte Nati. »Ihre Liebe oder ihren Zorn?«

Sie hatte ihr Herz bei ihrer Freundin ausgeschüttet. Die Freundin hatte ihr geraten, ihn zu fragen, was er an seiner Exfrau vermisse, den Zorn oder die Liebe.

»Den Zorn vermisse ich noch mehr als die Liebe«, antwortete Milan.

Einerseits war Nati beruhigt, andererseits beunruhigt. Wieder telefonierte sie mit ihrer Freundin.

»Ich weiß schon, du meinst, es sei besser, er vermisst den Zorn als die Liebe«, sagte die Freundin, »weil der Mensch normalerweise auf Liebe eifersüchtig ist und nicht auf Zorn. Aber ich sage dir, wenn er ihren Zorn vermisst, dann hast du ausgeschissen.«

»Warum?«, fragte Nati kleinlaut.

»Weil du kein zorniger Mensch bist, Nati. Auf dem Feld der Liebe hättest du ihr Konkurrenz bieten können, auf dem des Zorns nicht.«

Die Freundin hieß Eva. Für Nati war sie eine Instanz.

Nati war durch und durch vernünftig. Oder doch nicht. Sie wirkte vernünftig mit ihren aufgesteckten Haaren und dem weißen Kittel. Außerhalb der Arbeit kam sie ihren Kollegen wie verkleidet vor. Als spielte sie eine Privatperson. Keine ihrer Kolleginnen, und da waren welche, die sahen besser aus als sie, keine strahlte solchen Sex aus, wenn sie den Schwesternmantel anhatte. Das hatte ihr ein Turnusarzt gesagt. Sie hatte sich daraufhin genau im Spiegel betrachtet. Sie wusste, dass er in sie verliebt war, dass er verrückt nach ihr war. Aber sie wollte sein Kompliment bestätigt bekommen. Die Aussage eines einzelnen Mannes, der zudem verliebt in sie war, konnte sie nicht gelten lassen.

Sie lud Eva zu sich nach Hause ein; das war gewesen, lange bevor sie Milan kennengelernt hatte. Als die Kinder eingeschlafen waren, bat Nati ihre Freundin, ganz ehrlich zu sein. Eva witterte eine Möglichkeit zu verletzen, nichts tat sie lieber, und sagte: »Ich schwöre, ich werde ehrlich sein.« Nati sagte: »Aber kein Wort, bevor ich dich frage.« Und Eva versprach auch das. Nun inszenierte Nati eine Art Modenschau. Eine Stunde lang führte sie ihrer Freundin ihre Garderobe vor, Pullover mit Rock, Kleid mit Gürtel und ohne Gürtel, verschiedene Hosen und so weiter und eben auch ihren weißen Schwesternmantel. Dann fragte sie: »Was sieht an mir am meisten sexy aus?« – »Eindeutig die Krankenschwester«, war die prompte Antwort. Am nächsten Tag, Mittag, ließ sie sich von dem Turnusarzt küssen, am Abend zum Essen einladen, in der Nacht schlief sie bei ihm. Die Beziehung beendete sie, als sie Milan kennenlernte.

Der Turnusarzt war ein unglücklicher Verlierer. Er lauerte Nati auf, wenn sie ihren Kittel auszog und in ihren Straßenmantel schlüpfte, weil Feierabend war.

»Nur noch einmal«, bettelte er, »dann sorge ich dafür, dass du befördert wirst.«

»Befördert zu was? Vielleicht zu einem Doktor ohne Studium?«

»Zur Oberschwester.«

»Das bin ich bereits. Also befördert zu was?«

Der Turnusarzt, zehn Jahre jünger als Nati, schaute auf ihre Hüften und wurde trübsinnig vor Unglück.

»Und wenn ich dir einen Heiratsantrag mache? Die meisten Leute sagen zur Frau eines Arztes Frau Doktor.«

»Heute nicht mehr. Heute sagt das kein Mensch mehr.«

»Auf dem Land schon.«

»Das heißt, du willst mit mir aufs Land ziehen?«

»Warum nicht? Ins Waldviertel zum Beispiel. Eine Praxis im Waldviertel, wir beide, warum nicht? Viel Geld, viel Ansehen. Ruhe, gute Luft für deine Kinder, keine Kriminalität.«

Der Turnusarzt sah in Natis Augen, dass sie einen Moment lang überlegte.

»Am Land kann man bluffen«, sagte er. »Wir schreiben auf das Schild an unserer Praxis: ›Arztpraxis Natalia und Peter Niedermeier‹. Was hältst du davon?«

Eva riet ihr dringend, das Angebot anzunehmen. »Es ist deine Entscheidung, Nati. Eine Lebensentscheidung. Wer zu spät kommt, den straft die Geschichte.«

»Ja«, sagte Nati, »es ist meine Entscheidung.«

(11) Man lebt nicht für die Welt

Maja und Fritzi, Natis Mädchen, sahen beide ihrem Vater ähnlich. Das allerdings war schon ärgerlich.

Wie Nati Milans Exfrau einschätzte, stellte sie keine Bedrohung dar. Sie war zwar schöner als Nati – dazu brauchte sie keine Bestätigung, das war offensichtlich –, aber im Prinzip fand sich Nati der Welt näher und deshalb nützlicher. Und sie war weit vom Wahnsinn entfernt. Schließlich brauchte Milan eine Beschützerin, die ihm Sonja garantiert nie gewesen war. Nati wollte die Hände über Milan halten. Sie würden ein glückliches Paar sein, eine wunderbare Familie mit drei Mädchen und dann einem kleinen Buben, der Milan ähnlich sehen würde, genauso, mit seinen dunklen Augen und seiner erregenden Schüchternheit.

»Langsam«, sagte Eva. »Ich bin deine Freundin, Nati. Langsam! Die erregende Schüchternheit – die lassen wir einmal gnädig beiseite. Aber!«

Regelmäßig trafen sich die beiden zum Mittagessen. Eva arbeitete in einer Versicherung, ihr Büro war zwei Minuten vom Krankenhaus entfernt. Eva fand das Essen in der Krankenhauskantine eine Delikatesse. Nati hatte es so eingerichtet, dass ihre Freundin, ohne dass Fragen gestellt wurden, im Raum für Ärzte und Oberschwestern essen durfte. Nicht jeden Tag, aber doch zwei-, dreimal in der Woche kam Eva herüber.

»Was willst du mir sagen?«, fragte Nati. Sie fand das Essen übrigens zu versalzen, zu fett, zu kohlenhydratlastig, zu ballaststoffarm, zu süß und zu viel.

»Erstens«, sagte Eva und stocherte in ihren makellosen Zähnen. »Erstens: Wie kommt es, dass du alle Frauen schön findest?«

»Tu ich das?«

»Ich bin schön, du bist schön, die Ex von deinem Milan ist schön, die dort drüben ist wahrscheinlich auch schön.«

»Welche meinst du?«

»Die mit dem Rossschwanz, die Blonde.«

»Die ist nicht schön. Aber sie ist Ärztin. Anästhesistin. Und eine sehr gute. Mit ihr sollte man sich nicht anlegen.«

»Die Frau über Leben und Tod, hast recht, die braucht nicht schön zu sein. Zweitens: Was heißt, du bist der Welt näher und deshalb nützlicher?«

»Ich will nützlich sein«, sagte Nati und sah ihrer Freundin direkt in die Augen. »Du nicht?«

»Ich nicht, nein. Der Mensch lebt auf der Welt, um sich um sich selbst zu kümmern.«

»Das nennt man Egoismus.«

»Wer nennt das so?«

»Man.«

»Man ist niemand.«

»Man – das sind alle. Oder wenigstens die meisten. Die meisten sind man. Um alle, das weiß ich auch, um alle kann man sich nicht kümmern. Nicht einmal um die meisten, aber um einige doch, meinst du nicht?«

»Vielleicht steht dein Milan deshalb immer noch auf seine Ex, weil die sich eben nur um sich selber kümmert.«

»Wenn sie das tut«, sagte Nati mit einem triumphierenden Lächeln, »dann ist sie darin nicht besonders gut. Sie ist ein Sozialfall.«

»Das besagt gar nichts«, widersprach Eva. »Man lebt nicht für die Welt. Man lebt für sich und vielleicht noch für einen anderen. Höchstens für zwei andere lebt man noch.«

»Jetzt sagst du auch ›man‹.«

»Unterbrich mich bitte nicht. Warum isst du dein Schnitzel nicht auf? Was hast du an diesem Schnitzel auszusetzen? Nur weil es Krankenhauskost ist? Das ist ein Vorurteil. Ich finde die Schnitzel bei euch sind die besten in der ganzen Stadt. Wo war ich stehen geblieben?«

»Du hast gesagt, man lebt nur für sich.«

»Oder für einen anderen, höchstens zwei. Ja, das ist meine Meinung. Eine Familie mit vier Kindern: Glaubst du der Mutter, wenn sie sagt, sie liebe alle ihre Kinder gleich und den Mann noch dazu? Ich glaube das nicht. Ich habe drei Brüder und eine Schwester, und ich weiß genau, mein Vater hat nur mich geliebt, nur mich. Meine Mutter hat mich lieb gehabt und meinen jüngsten Bruder. Die anderen, die wurden gemocht, aber mehr schon nicht.«

Nati liebte die Gespräche mit Eva. Sie liebte sie, auch wenn sie immer den Kürzeren zog. Am Ende jeder Diskussion musste sie ihrer Freundin zugestehen, dass sie recht hatte. Aber am Nachmittag hatte sie meistens bereits vergessen, worum es eigentlich gegangen war. Sie glaubte nicht, dass sich Eva in einem Notfall für sie einsetzen würde. Sie glaubte nicht, dass sie ihr bei einem Engpass mit Geld aushelfen würde. Und wenn sie auf der Flucht wäre, dann würde Eva nicht bereit sein, sie zu verstecken.

Eines Abends im Bett, sie war schon eingenickt, hatte sich Milan über sie gebeugt und gefragt: »Nati, angenommen ich wäre ein Flüchtling, würdest du mich bei dir aufnehmen?«

Und sie, noch schlaftrunken, hatte aus ganzem Herzen geantwortet: »Ja, Milan, das würde ich.« Als wäre es die Hochzeitsformel.

Niemals würde sie ihrer Freundin von diesem Moment erzählen können. Niemals.

Noch war Milan reserviert, und Nati dosierte ihre Zärtlichkeiten mit Bedacht. Er würde sich ändern. Wenn er erst einmal kapiert hatte, wie wohl sie ihm tat, dann würde er sich ändern. Alles würde sie ihm geben. Sie bräuchten auch die Überweisungen seiner Mutter nicht mehr, die ihr nicht gefielen. Wie konnte sie Milan klarmachen, dass sie auch ohne das Geld seiner Mutter ihr Auskommen fänden? Sein Argument war: »Aber mit ist es besser.«

Sie sprach das Wort nicht aus. Aber sie dachte es: Hausmann. Sie dachte, Milan ist geboren zum Hausmann. Er hatte Geduld, eine mittlere Sauerei störte ihn nicht, Lärm auch nicht, er konnte ein bisschen kochen, wenn er wollte. Er war ihr Baby und ihr Mann. Besser so: ihr Mann und ihr Baby. Das würde er nie erfahren, aber die Wohltaten würde er bemerken und sich ihr ergeben.

Nach langen Überlegungen schlich sie sich ins Bett und schmiegte sich in seinen Rücken. Sie wusste, er stellte sich schlafend. Am Abend hatte sie sich ein orientalisches Bad gegönnt, und selbst ihre Mädchen fanden, dass sie »wahnsinnig gut« rieche.

Vev hatte sich geweigert, ihre Nase an ihre Haut zu halten. »Wahnsinnig gut, was soll das heißen?«, hatte sie gefragt. »Ist es gut, wahnsinnig zu sein?«

Nati sah in den Augen ihrer Tochter Maja, was gleich folgen würde. Schnell sagte sie: »Wer baden will, ich habe noch andere Duftnoten.«

Aber Majas Stimme war kräftiger als die ihrer Mutter. »Tut mit leid, Vev«, sagte sie, »ich kenne mich bei Wahnsinnigen nicht so gut aus wie du.«

(12) Die Zeiten können sich ändern

Nun waren sie also doch zusammengezogen. Das heißt, Nati zog mit ihren beiden Kindern zu Milan und Vev, allerdings unter Milans Bedingung, dass die Wohnung daneben dazugemietet würde, um sie mit seiner zusammenzulegen, mit zwei Eingangstüren und einer durchgebrochenen Wand. Das Zusammenleben in Natis kleiner Wohnung in der Nähe des Krankenhauses hatte nicht gut funktioniert.

»Wir sind beide eben Individualisten«, schrieb Nati in einem Mail an ihre Freundin und bekam zurück: »Was immer das auch heißen mag.«

Der Umbau hatte dann noch drei Monate gedauert. »Monate der letzten Freiheit«, wie Milan in seine Hand murmelte, die er sich vor den Mund presste.

»Hast du etwas gesagt, Milan?«

»Nein, Nati.«

Und Maja: »Doch, Mama, ich habe gesehen, dass er etwas gesagt hat, er hat etwas gesagt!«

Und Milan: »Was habe ich denn gesagt?«

»Was du gesagt hast, habe ich nicht gehört, aber dass du etwas gesagt hast, habe ich gesehen.«

Und Milan: »Gesagtes kann man nur hören und nicht sehen.«

Sonst war Milan nicht so, fand Nati. Nur zu Maja war er so, da war er streitsüchtig, wahrscheinlich eifersüchtig. Das machte ihr größere Sorgen als der Umbau.

Den Umbau finanzierten Milans Eltern. Sie erhofften sich eine würdige Schwiegertochter, zumindest eine würdigere. Milans Vater behauptete, er habe die erste Frau seines Sohnes ab der ersten Minute merkwürdig gefunden. Aber erst hatte er vor der schönen Sonja den Charmeur gespielt, und als der nicht angekommen war, fand er sie merkwürdig. Ganz ohne Scheu war Sonja durch die fremde Wohnung gegangen und hatte sich alles angesehen und hatte alles angegriffen, Deckelchen gehoben, Schubfächer herausgezogen, sich ein Joghurt aus dem Kühlschrank genommen und einen Löffel aus der Lade. Was Milans Mutter eine Zeit lang noch reizend fand, meinte ihr Mann längst durchschaut zu haben. Später, rückblickend, sagte sie: »Du hattest recht. Aber was gab es bei dieser Frau schon groß zu durchschauen!« Und Milans Vater, den Philosophen spielend, antwortete: »Einer wie ich will tief blicken, weil er jedem Menschen Tiefe zutraut. Ihre Seele aber war flach wie ein Parkplatz.«

Milan schlief allein in seinem Schlafzimmer, daneben Vev in einem Raum, der klein war wie eine Waschmaschinenschachtel. In der Nacht schlich sich Nati durch die durchgebrochene Tür zu Milan unter die Decke. Sie glaubte, sie könne ihn aus der Muschel befreien, bis sie bemerkte, dass er selbst die Muschel war.

Genauso sagte sie es im Gespräch mit ihrer Freundin, als sie in der Kantine des Krankenhauses Tafelspitz mit Rösti, Apfelkren und Spinat aßen. »... bis ich bemerkte, dass er selbst die Muschel ist.«

»Kannst du mir das übersetzen?«, sagte Eva und verstrubbelte ihr rabenschwarzes Haar, dass sie aussah wie eine aufsässige Schülerin, sie mit ihren gut vierzig Jahren.

»Ich weiß nicht, was du meinst«, sagte Nati. »Ich denke doch, ich habe mich klar ausgedrückt. Ich will sagen: Er *hat* nicht ein Problem, er *ist* das Problem.«

Eva saugte geräuschvoll Luft ein. »Das allerdings ist sehr klar ausgedrückt. Wenn er ein Problem *hätte*, könnte man ihm helfen. Wenn er selbst das Problem *ist*, gibt es wenigstens einen anderen, dem man helfen muss. Darf ich raten, wer das ist?«

Milan konnte nicht allein leben und wollte nicht zu zweit schlafen. Solange er mit Nati zusammenlebte und sein eigenes Schlafzimmer hatte, hatte er kein Problem. Solange war er Natis Problem.

»Und warum willst du unbedingt, dass in der Nacht jemand neben dir liegt?«, fragte Eva.

»Das ist Liebe«, sagte Nati leise.

»Ich habe dich nicht verstanden«, sagte Eva.

»Liebe«, sagte Nati ein wenig lauter.

Und Eva sehr laut: »Liebe? Hast du Liebe gesagt?« Schaltete aber in normale Lautstärke zurück, als sie sah, dass sich niemand umwandte. In der Kantine eines Krankenhauses konnte man offensichtlich mit gar nichts Aufsehen erregen. »Ich zum Beispiel«, sagte sie, »ich schnarche. Es wäre zu viel Liebe verlangt, wenn ich einem Mann zumuten würde, mit mir in einem Bett zu schlafen.«

»Aber manchmal schläft doch einer bei dir.«

»Entweder er geht, wenn wir fertig sind, oder ich gehe.«

»So etwas will ich aber nicht«, sagte Nati.

Milan war schwach. Außerdem war es bequem, jemanden zu haben, der sich um alles kümmerte. Er gab ihr sein Geld zur Verwaltung, er vertraute ihr. Sicherheitshalber erinnerte er sie immer wieder daran, dass sein Geld das Geld seiner Eltern war.

»Warum ›sicherheitshalber‹?«, fragte Nati ihre Freundin. Sie hatte ihr erzählt, dass sie es kränkend fand, dass Milan immer wieder betonte, dass sein Geld von seinen Eltern komme. Da hatte Eva gesagt, das tue er sicherheitshalber.

»Die Antwort wird dir wehtun«, sagte Eva.

»Sag es trotzdem, ich weiß ja, dass du mir gern wehtust.«

»Manchmal tu ich dir gern weh, jetzt nicht. Sicherheitshalber heißt, er möchte dir damit sagen, falls du auf sein Geld nicht gut aufpasst, bekommst du es nicht mit ihm, dem sanften, dem milden Mann zu tun, sondern mit seinen Eltern, die weder sanft noch mild sind.«

»Ja, angenommen, er denkt so«, sagte Nati. »was könnte er meinen mit ›Ich passe auf sein Geld nicht gut auf‹?«

»So viel ich von dir weiß, gibt es keine Belege. Er kriegt das Geld von seiner Mutter in die Hand. Einmal so viel, dann wieder so viel, wie die Mama meint. Wenn er es dir genauso in die Hand gibt wie sie ihm, dann kann er behaupten, was er will, wenn es weg ist, ist es weg. Verstehst du?«

»Du meinst«, sagte Nati und musste lachen, »du meinst, ich sei eine, die abkassiert?«

»Jetzt noch nicht«, sagte Eva, »aber die Zeiten können sich ändern, und dein Greifvogel rechnet damit.«

»Du spinnst!«, rief Nati. Und nun drehten sich doch einige nach ihnen um.

So kam Milan sein Alltag ziemlich sorgenfrei vor.

Er genoss das. Er nahm in Kauf, dass er Nati nicht liebte, ebenso wenig wie ihre Kinder. Die er nicht nur nicht liebte, sondern geradezu hasste. Jedenfalls die plumpe Maja. Der hätte er manchmal gern einen Tritt in den Hintern gegeben. Die kleine Fritzi störte ihn nicht, die fand er sogar lieb. Nur dass sie selten allein auftrat.

Und dann kam seine eigene Tochter in das Alter, in dem sie nicht mehr von ihrem Vater gewärmt werden wollte. Vev kam inzwischen auch ganz gut mit ihren Halbschwestern zurecht. Mit Maja besser als mit Fritzi. Ihre Stiefmutter war niemals ungut zu ihr.

(13) Der Hund wusste nicht, ob er das mochte

Als Vev bei ihrer Mutter zu Besuch war, lagen Menschen, die sie nicht kannte, um das parfümierte Bett herum. Auf dem Boden lagen sie, nur die Mama durfte im Bett liegen, in dem französischen. The Dude hatte das Bett besorgt und selbst zusammengebaut und dabei Mutter und Tochter erklärt, was ein französisches Bett sei, nämlich eines, das zur Mitte hin abschüssig ist, damit das Liebespaar im Schlaf automatisch, den Gesetzen der Schwerkraft folgend, zusammenrückte. Vev stellte sich vor, wie The Dude auf ihre Mama rollte, zuerst auf ihren Arm und ihr Bein, dann ganz auf sie drauf, und dass er nicht merkte, dass sie unter ihm keine Luft bekam, und wie er am Morgen aufwachte und sie tot war, was er dann tun würde und ob es ihm leidtäte, dass er ein französisches Bett gekauft hatte.

Alle waren alkoholisiert oder zugedröhnt, der Geruch machte Vev unglücklich. The Dude schickte sie zum Einkaufen. »Wenn du zurückkommst«, flüsterte er ihr zu, »dann sind alle weg. Nur die Mama und ich, wir sind da.« Sie sollte einen Sechserpack Bier besorgen, Weißbrot und von der Haussalami ziemlich einiges. Er gab ihr fünfzig Euro. Er erlaubte ihr, den Hund mitzunehmen.

Vev lief zum Donaukanal hinunter, der Hund neben ihr blickte immer zu ihr auf. Er liebte sie, als wäre sie die Erlöserin aus seinem Tal.

»Nemo«, sagte sie, »gehöre mir, bitte, gehöre mir!«

Der Hund sah sie an und war einverstanden.

Sie wollte nicht mehr zurück in die Wohnung. Den Fünfziger würde sie sich aufsparen und den Hund mitnehmen. Ein Mädchen aus der Schweiz war von zu Hause weggelaufen, man vermutete sie in Wien. Vev wusste nichts über die Schweiz. Sie dachte, ich könnte doch in die Schweiz, für das verlorene Mädchen. Dann wäre man wieder quitt.

Sie kauerte sich an einer Mauer auf den Boden. Der Hund setzte sich neben sie. Für Vev sah er aus, als würde er fragen wollen, ob er alles richtig mache.

»Du machst alles richtig«, sagte sie. »Ich werde jemanden fragen, wie weit es bis in die Schweiz ist. Oder ich schau im Internet nach. Oder ich frage Nati. Und wenn sie fragt, warum ich es wissen will, sage ich, ich muss, weil ich in der Schule drankomme.«

Der Hund schaute sie interessiert an.

»Und wenn es nicht so weit ist, dann gehe ich in die Schweiz. Oder ich fahre mit dem Zug, ein Stück, und ein Stück gehe ich und so.«

Der Hund ließ sie nicht aus den Augen. Manchmal leckte er sich mit der Zunge über die Nase.

»Der Zug ist halt nicht so gut, weil man uns dann gleich findet. Sicher sind dann in der U-Bahn auch Bilder von mir. Und von dir auch. Ich glaube, dass sich The Dude dann um uns kümmert. Gibt es ein Foto von dir? The Dude wird zur Polizei gehen, die Mama kann das nicht. Der Papa sagt sicher, alles halb so schlimm. Wenn ich Nati wäre, dann wäre ich froh, wenn ich nicht mehr da bin. Aber sie ist sicher nicht froh. Ich glaube, Maja vermisst mich. Aber nicht wirklich, nur höchstens einen Tag.«

Der Hund streckte sich und gähnte und leckte sich wieder über die Nase.

»Verstehst du mich?«, fragte sie. Ihr war nämlich ein Gedanke gekommen, kein schöner Gedanke. »Verstehst du mich?«, fragte sie noch einmal. Sie musste den Gedanken aussprechen, sie musste, auch wenn Nemo sie verstand und auch wenn es ihm wehtat. »Es tut mir leid«, sagte sie, »aber ich denke … ich denke, dass man mich vermisst, wenn ich nicht mehr da bin … das denke ich. Und mich sucht man auch. Von mir gibt es viele Fotos. The Dude sucht mich hundertprozentig. Ich denke, der Papa vermisst mich und die Mama vermisst mich auch, obwohl sie immer so mistig zu mir ist. Aber ich denke, dich vermisst niemand. Die Mama hat bis jetzt noch kein einziges Wort über dich geredet. Ich glaube, die Mama weiß gar nicht, dass es dich gibt. Wetten, sie hat vergessen, wie du heißt. Und wenn ich es ihr sage, wenn ich jetzt zu ihr sage, Mama, der da, der heißt Nemo, wetten, dass sie es gleich nicht mehr weiß. Sie weiß es vielleicht schon noch, aber sie denkt nicht daran. Wahrscheinlich sagt sie, was hast du gesagt. Und wenn du weg bist, dann fällt ihr das gar nicht auf. Irgendwann sagt The Dude, wo ist eigentlich der Hund, und dann sagt die Mama, was für ein Hund denn. Ich glaube nicht, dass es ein Foto von dir gibt. Vielleicht heißt du Niemand, weil niemand dich vermisst. Ich glaube, nicht einmal The Dude vermisst dich. Ich würde dich vermissen. Aber ich brauche dich ja nicht vermissen, du bist ja bei mir. Und wenn wir in der Schweiz sind, dann bist du immer noch bei mir.«

Sie schaute dem Hund direkt in die Augen, da wich er ihrem Blick aus. Sie meinte, er habe verstanden, was sie gesagt hatte.

»Tut mir leid, Nemo, dass ich das gesagt habe. Tut mir ehrlich leid.« Sie streichelte über sein ruppiges Fell. Da gähnte der Hund zum dritten Mal und leckte wieder seine Nase.

Vev lief über den Schwedenplatz zu einem Würstelstand und bestellte sich eine Rote mit Senf und Ketchup. Sie legte den Fünfziger auf die Theke.

Ein Bub neben ihr sagte: »Wenn du schon so viel Geld hast, kannst du mir auch eine bestellen.« Vev kam sich großartig vor, als sie sagte: »Klar!« Die beiden aßen im Gehen, und bald ließ der Bub sie stehen. Den letzten Zipfel hatte er dem Hund gegeben. Vev tat es ihm nach, dann lief sie weiter.

Sie kannte sich auf einmal nicht mehr aus und fragte ein Mädchen nach der nächsten U-Bahn-Station. Das Mädchen hatte wasserblaue Augen. Leider keine Punkfrisur und keine lila Haare wie das Schweizer Mädchen, mit dem sich Vev so oft am Tag und so oft im Stillen unterhielt.

»So ein süßer Hund«, sagte das Mädchen und kraulte Nemo hinter den Ohren.

Nemo wusste nicht, ob er das mochte.

(14) Die Erleuchtung

The Dude war neben Sonja eingenickt. Er schreckte auf, sah alles vor sich wie zum ersten Mal, und es durchfuhr ihn eine Erleuchtung, und zugleich dachte er: Muss eine Erleuchtung mit Religion zu tun haben? Hatte seine Erleuchtung nämlich nicht. Er sah die Kollegen auf dem Boden um das französische Bett herumliegen, laut atmend. Sonja hatte ihr Gesicht von ihm weggedreht. Ihre Haare müssten dringend gewaschen werden, dachte er. Was nicht zu denken ist, kann nicht sein. Es konnte nicht sein, dass das Leben von Sonja und sein Leben, dass diese beiden Leben verluderten. Seine Erleuchtung sagte: Du musst uns retten!

Deshalb rüttelte er an den Kollegen, bevor er sie nacheinander aus der Wohnung schleifte. Legte sie draußen im Flur nebeneinander, wie Zigarren. Sollten sie vor der Wohnungstür weiterdampfen! Irgendwann käme ein Hausbewohner, der würde die Polizei holen. Dann würde er abstreiten, dass er mit denen da irgendetwas zu tun hatte.

Er drehte Sonja auf den Rücken, sie schlug die Augen auf wie eine Schlafpuppe. The Dude überlegte, wie er ihr klarmachen konnte, was gerade mit ihm passiert war. Jedenfalls musste er vorsichtig sein. Denn wenn er der Retter sein würde, dann musste sie die Gerettete sein, und sie würde das wollen müssen, sonst funktionierte es nicht.

»Darling«, sagte er, »ich hatte eine Erleuchtung. Du musst nicht an Gott glauben, um mir zu glauben.«

»Ich glaube aber an Gott«, sagte sie, schloss die Augen und drehte sich zur Seite.

»Ich hatte eine Erleuchtung«, wiederholte The Dude.

»Das freut mich«, sagte sie, »das passt zu dir. Ich kenne niemanden sonst, der eine Erleuchtung hat.«

»Willst du nicht wissen, was für eine Erleuchtung ich hatte?«

»Erzähl mir davon«, sagte sie. »Aber ich kann doch die Augen zulassen, oder?«

»Ich erzähl dir später davon«, sagte The Dude. »Ich bin dir nicht böse, schlaf noch eine Weile.«

»Ach, du, wenn ich jetzt schlafe, dann liebst du mich nicht mehr«, sagte sie und kuschelte sich an ihn. »Es wäre schön, wenn du mir von deiner Erleuchtung erzählst.«

»Nur einen Satz«, sagte The Dude und strich ihr die Haare hinter das Ohr. »Nur die Überschrift sozusagen. Und wenn du richtig wach bist und wieder klar, dann reden wir darüber. Gut?«

»Sehr gut. Also, die Überschrift.«

»Die Überschrift lautet: Ich rette uns.«

Sonja blieb ruhig. Ganz ruhig. »Ich schlafe nicht«, sagte sie. »Ich sehe nur so aus.«

»Ich rette uns«, wiederholte The Dude.

»Das ist sehr schön«, sagte sie.

»Wirklich?« Er fuhr mit den Händen unter ihr T-Shirt und legte sie auf ihre Brüste, die fest und kühl waren.

Sonja hielt noch immer die Augen geschlossen. Aber jetzt lächelte sie. »Noch nie hat jemand so etwas Schönes zu mir gesagt.«

»Kannst du nicht kurz die Augen aufmachen?«, fragte er. »Nur damit ich in dich hineinschauen kann.«

»Ich versuche es ja die ganze Zeit, ich schaffe es einfach nicht.«

»Der Mensch kriegt die Augen auf, wenn er es will. Man muss sie einfach nur aufmachen, das ist alles.«

»Ich will ja, aber ich schaffe es nicht.«

The Dude zog seine Hände unter ihrem T-Shirt hervor. »Aber vorhin, als ich dich umgedreht habe, hast du die Augen aufgemacht.«

»Das stimmt, ja«, sagte sie, »das war nur deshalb, weil du mich umgedreht hast. Das war automatisch.«

»Soll ich dich noch einmal umdrehen?«

»Wenn du willst. Du kannst mich jederzeit umdrehen. Dreh mich ruhig um. Aber ich mach nichts.«

»Also«, sagte The Dude, »ich werde dich zuerst wieder auf den Bauch legen. Bist du bereit?«

»Ich bin bereit.«

Er wälzte sie herum. Nun hatte sie das Gesicht im Kissen.

»Ich krieg keine Luft«, sagte sie und war kaum zu verstehen.

»Und jetzt«, rief The Dude, »Achtung!«

Er drehte sie wieder auf den Rücken, und die Augen sprangen auf.

»Offen lassen!«, brüllte er, und die Augen blieben offen.

»Das kannst nur du«, sagte sie.

»Ab jetzt sind wir für uns, du und ich, und um uns soll alles schön werden, wie du es verdienst«, sagte The Dude. »Das ist meine Erleuchtung. Mehr ist dazu eigentlich nicht zu sagen.«

Er erklärte ihr wie einem Kind, dass sie sich zuerst einmal die Haare waschen müsse. Er würde ihr ein Bad einlaufen lassen. Sie dürfe aber noch liegen bleiben, denn zuerst werde er die Badewanne putzen.

»Nein«, sagte er, »zuerst werde ich das ganze Bad putzen.«

»Darf ich so lange schlafen?«

»So lange darfst du schlafen.«

»Noch nie war jemand so lieb zu mir«, sagte sie. Sie stützte sich auf die Ellbogen und schmatzte. »Wo sind die anderen?«

»Entsorgt.«

»Eigentlich müsste ich das Bad putzen«, sagte sie. »Es ist deine Wohnung, und ich zahle nichts. Lass mich putzen. Erst schlafen wir, und dann putze ich.« Die Augen fielen wieder zu.

The Dude riss alle Fenster auf, putzte das Bad und putzte und saugte das Zimmer, und weil er gerade in Fahrt war, putzte er auch die Fenster und staubte alles ab, was da war, viel war es ja nicht. Nach drei Stunden war er fertig. Er ließ Wasser in die Wanne laufen, Sonja schlief immer noch. Er zog sie aus, prüfte mit der Hand die Temperatur des Wassers, trug sie ins Bad und ließ sie in die Wanne gleiten. Sie wachte auf, knurrte, er wusste nicht, ob es zärtlich oder zornig war. Er füllte eine Hand mit Shampoo und wusch ihr die Haare und den Rücken und die Brust. Dann machte er Kaffee, und erst jetzt fiel ihm auf, dass Vev mit dem Hund weggegangen war, um Essen zu kaufen. Die Telefonnummer von Vevs Vater klebte auf dem Eisschrank, er rief an und erfuhr, dass sie schon längst zu Hause sei. Wo war der Hund? Noch einmal anrufen wollte er nicht. Hunde gehen bekanntlich nicht unter.

»Du hast einen perfekten Körper«, sagte er, als er Sonja abtrocknete.

»Und was nützt er mir?«, sagte sie.

Er nahm sich vor, mit Joggen anzufangen, er wollte ein ebenbürtiger Mann sein.

»Das Leben ist Scheiße«, sagte sie.

»Auch daran werden wir arbeiten«, sagte er. Er meinte es anders, als sie es verstand. Aber er wollte die Rettung ihres gemeinsamen Lebens nicht damit beginnen, dass er sie kritisierte.

Als sie nüchtern vor ihm stand, eine Schönheit, der kein Gift der Welt etwas anhaben konnte, sagte er: »Da sind fünfhundert Euro. Ich möchte, dass du dir davon gute Kleider kaufst, wirklich gute.«

»Darling«, sagte sie, das hatte bisher nur er zu ihr gesagt, erste Fortschritte, dachte er. »Darling, was sind wirklich gute Kleider?«

(15) Eine Liste

Sonja nahm die fünfhundert Euro, ließ sich von The Dude kämmen und küssen und fuhr mit der Straßenbahn bis zum Schwedenplatz. Von dort schlenderte sie in den ersten Bezirk hinauf. Sie erinnerte sich nicht mehr, wann sie das letzte Mal Sachen zum Anziehen gekauft hatte. Sie sah sich in der Fensterscheibe einer Bäckerei und dachte, bin ich wirklich die, die da geht? Sie fand, sie wirke wie eine Schülerin, die blaumacht. Der Rock war zu lang und bei jedem Schritt wickelte er sich um eines ihrer Knie. Den würde sie als Erstes »entsorgen«, ihr war nach Feuerbestattung. Beinahe alles, was sie besaß, hatte sie von ihrer ehemaligen Mitbewohnerin geschenkt bekommen, weil die immer magerer geworden war. Die Hosen rutschten am Bund, um die Hüften waren sie eng. Die Mitbewohnerin war mager und sah doch aus wie ein Holzscheit. Trocken war sie von dem Putzmittel in ihren Adern. Wer die kriegen würde, könnte im Winter mit ihr einheizen.

»The Dude liebt mich«, sagte sie vor sich her, einmal, noch einmal. Es ist unglaublich, dachte sie. Und meinte es nicht nur als Steigerung von »schön« oder »beglückend«, sondern wörtlich: Sie glaubte es nicht. Aber ihr Mund blieb dabei, er sagte und sagte es laut: »The Dude liebt mich.«

Sie flanierte über den Kohlmarkt, schaute in teure Auslagen. In so einem Laden würde sie schief angeschaut werden. Im Demel, der Konditorei, kaufte sie vier russische Törtchen für The Dude. Er liebte Süßigkeiten, sie bat darum, die Teile in eine Schmuckschachtel einzupacken. Sie kosteten so viel wie die Sneakers, die ihr gefielen. Hätte ich doch die Sneakers gekauft, dachte sie kurz, aber nur kurz, dann sagte ihr Mund wieder: »The Dude liebt mich.«

Sie betrat ein Geschäft, von dem sie wusste, dass es billig war und dazu modisch. Sie beobachtete junge Frauen, die sich Kleider an ihre Körper hielten, bevor sie in der Umkleidekabine verschwanden. Sie wählte zwei Kleider aus, ein leichtes, das aussah wie aus Seide, war aber Kunstfaser, und ein Baumwollkleid mit kleinen Rosen, aus einem ähnlichen Stoff hatte sie ein Schulkleid gehabt. Wenn sie doch nur wieder ein Schulkind wäre, aber ein anderes, als sie gewesen war! Sie zählte zusammen, das waren etwas über zweiunddreißig Euro – für zwei Kleider! The Dude glaubte, eines allein würde hundert Euro kosten. Sie wollte ihn nicht betrügen, er liebte sie. Ihr gefiel es, günstig einzukaufen, sie kam sich dabei nützlich vor. Sie wollte genaue Abrechnung halten vor The Dude, dann würde er denken, man kann sich auf sie verlassen. Er würde vielleicht sogar denken, man kann ihr einen Haushalt anvertrauen. Er würde denken: Es hat sich rentiert, in sie zu investieren.

Nun hatte sie zwei Taschen, eine große mit den Kleidern, eine kleine mit den Törtchen. Sie hielt die Taschen in einer Hand. Vernünftiger wäre es, in jeder Hand eine Tasche zu tragen, aber dann würde sie aussehen wie eine, die geschickt worden war, die Sachen abzuholen. Alle Frauen, die sie sah, hatten Einkaufstaschen, aber alle trugen sie in einer Hand. Manche trugen sogar drei und noch mehr Taschen, aber alle in einer Hand. Diener waren vernünftig, was Taschen betraf, Damen nicht. Also trug sie die beiden Taschen in einer Hand.

Bis fünfhundert Euro war noch ein weiter Weg, da würden noch drei oder vier, wenn nicht fünf Taschen dazukommen. Sie setzte sich in ein Straßencafé, sie wollte planen. Vom Kellner ließ sie sich Papier und Stift geben. Flirtete der mit ihr? Sie dachte, The Dude liebt mich, und sagte: »Zahlen!« Als sie aufstand, griff ihr der Kellner an den Hintern, tat aber so, als wäre es ein Versehen. Fick dich, hätte sie gern gesagt, und die Luft dazu war schon geholt, aber sie tat es nicht. Ihr fiel ein, dass The Dude gesagt hatte, auch daran müsse man noch arbeiten, und sie hatte verstanden, was er meinte.

Als sie an der Pestsäule vorbeiging, die in der Sonne lustig aussah, knollig, als hätten sie die Schlümpfe gebaut, kam ihr ein Gedanke: The Dude ist mir sicher. Der Mund sagte wieder: »The Dude liebt mich«, und dazu dachte sie: The Dude ist mir sicher. Der Gedanke war ihr unheimlich. Konnte man es wissen? Aber war Sicherheit nicht das Schönste? Hatte sie das verdient? Sie wollte es sich verdienen. Sie wollte The Dude nicht enttäuschen. Wäre The Dude enttäuscht, weil sie nichts zum Kellner gesagt hatte? Sicher erwartete er, dass sie sich Unverschämtheiten nicht gefallen ließ. Wie hätte sich eine Dame verhalten, eine vornehme Dame? Hätte sie laut geschrien, sodass alle in ihre Richtung geschaut hätten? Bestimmt nicht. Oder doch? Oder doch nicht? Es gab viele Möglichkeiten, auf eine Unverschämtheit zu reagieren.

Sie hatte Papier und Kugelschreiber noch in der Hand. Sie setzte sich auf die Mauer bei der Rolltreppe zur U-Bahn. Eigentlich hatte sie aufschreiben wollen, wofür sie wie viel ausgeben wollte. Nun notierte sie, was eine vornehme Dame sagen oder tun würde, wenn ihr ein Kellner an den Hintern griff.

1. Vornehme Dame: Was haben Sie soeben getan? Kellner: Nichts. VD: Sie haben mir an den Hintern gegriffen. (Sie überlegte: Würde eine vornehme Dame »Hintern« sagen? »Arsch« würde sie sicher nicht sagen. Wieso eigentlich nicht? Wahrscheinlich kam es gar nicht darauf an, was man sagte, sondern wie man es sagte. Darüber wollte sie sich mit The Dude beraten. Vielleicht würde die vornehme Dame überhaupt nur Fragen stellen.) VD: Haben Sie mir soeben an den Arsch gegriffen? (Vielleicht war »Arsch« doch nicht gut. Es könnte ja sein, dass der Kellner glaubte, es habe ihr gefallen und sie verwende deshalb dieses Wort. Am besten, wenn sie den Körperteil gar nicht erwähnte.) VD: Was haben Sie gerade gemacht? K: Was habe ich denn gemacht? VD: Sie wissen genau, was Sie gemacht haben. K: Nein, ich weiß es nicht. VD: Natürlich wissen Sie das. K: Nein. (Ein Gespräch würde sich entwickeln, und das war nicht gut. Ein Gespräch mit so jemandem war nicht gut. Mit so einem redet man nicht.)
2. VD: Ich werde mit Ihrem Chef sprechen. Sie haben sich soeben keinen Gefallen getan. Mein Mann wird dafür sorgen, dass Sie entlassen werden. (Und wenn der Kellner einfach nur grinst? Was dann?)

3. (Es gab vornehme Damen, die waren nicht vornehm. Das heißt, die waren vornehm, was ihre Kleider betraf und ihre Schuhe und ihr Konto und die goldene Kreditkarte und die Frisur und das Parfüm und die Faltencreme, aber wenn einer sie anfasste, verwandelten sie sich in Bestien. Es soll ja auch vornehme Bestien geben.) VD: Hör zu, du Flachwichser, mach das noch einmal, und ich reiß dir die Eier ab! (Und wenn er wieder einfach nur grinst?)
4. Eine wirklich vornehme Dame würde wahrscheinlich so tun, als wäre der Kellner gar nicht da, als wäre er nie geboren worden und würde nie sterben. Sie würde durch ihn hindurchschauen. Vielleicht würde sie leise rülpsen, weil sie ein Mineralwasser mit Kohlensäure getrunken hatte, aber eben nur ganz leise. Hatte sie es nicht genauso gemacht? Nur: Wie eine vornehme Dame fühlte sie sich nicht. Warum nicht? Sie glaubte nicht, dass man eine vornehme Dame sein musste, um sich wie eine vornehme Dame zu fühlen. Ob es günstig war, mit The Dude darüber zu sprechen?

Sie strich das Geschriebene durch, bis es nicht mehr zu entziffern war, sprang von der Mauer und ging weiter ihrer Einkaufspflicht nach.

(16) Gute Kleider

Sie betrat noch einmal das billige und modische Geschäft und suchte weiter. Unterwäsche, die teure, zweimal, zum Wechseln, besser gleich dreimal. Fünfzig Euro. Über Unterwäsche hatte sie nie nachgedacht. Nun sah sie sich, von The Dude betrachtet, ihm würde sie in dieser Unterwäsche gefallen. Ihr Busen würde zur Geltung kommen, er würde sagen: Wunderbar. Er würde nicht sagen: Noch wunderbarer ohne. Aber denken würde er es. Denken darf man. Zwei Jeans – oder lieber keine Jeans, Jeans haben alle. Zwei gute enge Hosen, eine aus lila Samt, zusammen sechzig Euro. Zwei Pullover, fünfzig Euro. Drei T-Shirts, dreißig Euro. Für einen leichten Mantel den Rest, Schuhe hatte sie vergessen. Das waren noch fünf Taschen dazu. Alle in einer Hand. Es war lächerlich, sah aber nicht lächerlich aus.

Alles zusammen: 492 Euro.

Für die acht Euro kaufte sie Schokolade.

Ihr fiel ein, dass sie gar nichts probiert hatte, sie hatte einfach Größe 36 genommen. Sie ging in das Geschäft zurück, zeigte ihre Belege vor, verschwand in einer Kabine und zog sich aus. Sie stand nackt vor dem Spiegel, nahm sich gar nicht wahr und fing mit der Unterwäsche an. Auch Strümpfe hatte sie vergessen. Bis zum Führen eines Haushaltes war eben noch ein weiter Weg.

Eine Verkäuferin steckte den halben Kopf herein und fragte, ob alles passe.

»Sind das wirklich gute Sachen?«, fragte Sonja.

Die Verkäuferin zeigte ihr ganzes Gesicht. »Ich denke schon.«

Sonja dachte, das ist ein liebes Gesicht, und sie sagte: »Kommen Sie doch herein.«

»Meinen Sie?«

»Klar. Zu trinken habe ich leider nichts, sonst könnten wir eine Party feiern.«

»Das wäre lustig«, sagte die Verkäuferin. Sie trat ein und zog gleich den Vorhang hinter sich zu. »Sie sehen sehr gut aus«, sagte sie.

»Ich habe ja noch gar nichts an außer Unterhose und Unterhemd.«

»Sie gehören zu den Frauen«, sagte die Verkäuferin, »denen alles gut steht. Es gibt nur ganz wenige Frauen, bei denen das so ist.«

»Aber das sind schon wirklich gute Sachen?«, fragte Sonja noch einmal.

»Also, das ist so«, sagte die Verkäuferin, die ganze Zeit flüsterte sie, »es gibt Frauen, die würden bei uns nie einkaufen, das gebe ich ehrlich zu, die würden immer sagen, das von denen da ist nicht gut genug für mich. Zu diesen Frauen könnte ich Folgendes sagen: Also, hören Sie, könnte ich sagen, wo kaufen denn Sie Ihre Sachen ein? Und sie würden sagen, drüben am Kohlmarkt, und dann könnte ich ihnen sagen, auch die Sachen drüben beim Kohlmarkt sind irgendwo in Asien gemacht worden, wahrscheinlich sind es genau die gleichen Sachen, nur dass dann in Italien eine feine Firma ihr Logo hineingenäht hat, und das gleiche Kleid kostet dann plötzlich zwanzig Mal so viel.«

»Es sind also wirklich gute Sachen?«, fragte Sonja wieder.

»Die vornehmen Damen«, sagte die Verkäuferin, »haben das Gleiche wie Sie, nur dass man sie betrogen hat.«

»Ich muss nämlich unbedingt wirklich gute Kleider haben«, sagte Sonja.

»Wollen Sie die anderen Sachen nicht anprobieren?«, fragte die Verkäuferin. »Oft sind die Größen verschieden.«

»Mir passt alles«, sagte Sonja.

Nun sagten sie beide nichts mehr, und Sonja wartete darauf, dass die Verkäuferin die Kabine verließ.

»Macht es Ihnen etwas aus«, flüsterte die Verkäuferin, »wenn Sie zuerst hinausgehen? Es ist nämlich verboten, mit einer Kundschaft in einer Kabine zu sein.«

»Klar«, sagte Sonja und raffte schnell ihre Sachen zusammen.

»Aber Sie müssen sich erst etwas drüberziehen«, kicherte die Verkäuferin.

Ihre alten Sachen ließ Sonja in der Kabine zurück, am Boden. Die Verkäuferin hatte noch gefragt: »Sind deine Haare echt?«

»Echt«, sagte Sonja.

»Alles echt«, sagte die Verkäuferin.

»Alles echt«, sagte Sonja.

»Darf ich wissen, wie du heißt?«

Sonja hatte kurz überlegt und dann einen falschen Namen gesagt.

Auf der Straße kam ihr ein Liebespaar entgegen. Die beiden küssten einander, und der Mann drehte den Kopf, um Sonja nachzuschauen. Sie wusste, was sie gern getan hätte. Gern wäre sie dem Paar nachgelaufen, hätte der Frau auf die Schulter geklopft und gesagt: Dein Mann will mich heiraten, hast du das gewusst? Wenn sie Glück gehabt hätte, hätte der Mann gesagt: Das stimmt doch gar nicht. Und wenn sie Pech gehabt hätte, hätte er gesagt: Die ist verrückt. Ziemlich wahrscheinlich aber wäre die Frau misstrauisch geworden. Zu Hause hätte es vielleicht ein Verhör gegeben: Hast du die gekannt, sei ehrlich. – Nein, natürlich nicht. – Aber woher hat sie dann gewusst, wer du bist? – Sie hat ja gar nicht gewusst, wer ich bin. – Sie hat deinen Namen gesagt. – Das bildest du dir ein. Und so weiter.

Sonja musste lachen, und da kam ihr schon wieder ein Liebespaar entgegen. Wieder küssten einander die beiden, und wieder nützte es der Mann aus, um Sonja nachzuschauen. Sie bildete sich sogar ein, er wackle mit den Augenbrauen. Beinahe hätte sie ihm nachgerufen: Eine Nacht mit mir kostet 492 Euro! Dann hätte ihn die Frau gefragt: Gehst du zu Prostituierten? – Nein, hätte der Mann gesagt, natürlich nicht. – Aber woher hat die dich dann gekannt? – Die hat mich doch gar nicht gekannt. Und so weiter und so fort.

Sonja war sehr gut gelaunt. Sie fuhr mit der U-Bahn bis zum Karlsplatz. Zum Glück oder zum Unglück begegnete ihr niemand, den sie kannte. Gegen eine Tablette hätte sie nichts einzuwenden gehabt. Aber sie hatte kein Geld mehr. Und das war gut so. Gleichzeitig dachte sie, ein russisches Törtchen für The Dude hätte auch genügt. Da kam sie sich schäbig vor. Aber denken darf man.

(17) Gespräch mit Glatzkopf

In der Wohnung war niemand. Sonja holte ihren Koffer aus der Abstellkammer und legte die neuen Kleidungsstücke hinein. Sehr ordentlich. Der Koffer roch nicht gut, da nahm sie Aftershave von The Dude und träufelte etwas davon darüber.

Was sie The Dude von den neuen, den wirklich guten Kleidern zeigen wollte, legte sie auf das Sofa wie zu einer Ausstellung. Sie erinnerte sich, dass sie als Kind im Stiegenhaus der Zieheltern Kaufladen gespielt hatte, wenn sie allein war. Sie hatte die Sachen von der Garderobe auf die Stufen gelegt, darunter die Schuhe von dem Lehrer und seiner Frau. Die Sachen hatten muffig gerochen, in keinem feinen Geschäft hätte man sie verkaufen können. Sie aber hatte so getan, als wären sie von höchster Qualität und gerade frisch hereingekommen aus Paris und London und Wien – andere große Städte kannte sie nicht. Und dass sie zwei Personen gespielt hatte, daran erinnerte sie sich; eine, die zeigte, und eine, der gezeigt wurde. Und dass sie die erste lieber gespielt hatte als die zweite. Sie war auch immer lieber diejenige gewesen, die schenkte, als die, die beschenkt wurde. Auf dem Weg hierher hatte sie nachgedacht, was sie The Dude schenken könnte. Und da war ihr eingefallen, dass sie ihn zu wenig kannte, eigentlich gar nicht kannte. Es hatte sie bedrückt: Wenn ich verschwinde, wird er mir nicht nachtrauern. Kaum hinterherdenken wird er mir.

Es klopfte an der Tür, und sie dachte, es wird The

Dude sein. Er hat vielleicht seinen Schlüssel vergessen oder die Zigaretten oder die Zigarettenspitze, die er seit Neuestem verwendete – seit er sie kennengelernt hatte, wie er sagte –, weil vornehm. Sie war aufgeregt, als sie zur Tür ging, zupfte an ihrem neuen Kleid und roch unter ihren Armen. Es war aber der Glatzkopf, er wollte The Dude sprechen.

»Muss mich bei ihm für alles entschuldigen«, sagte er. »Glaubst du, er verzeiht mir? Du weißt, wenn The Dude eine Wurzel ist, bin ich ein Teil seiner Wurzel, und wenn ich ein Problem habe, hat auch er ein Problem, so ist das in einer Familie. Ich habe das in einem Buch über Vergebung gelesen, und da stand auch, dass einem verziehen wird, wenn man erst gereinigt ist.«

»Willst du baden?«, fragte Sonja.

»Nein. Das ist anders gemeint, glaub ich.«

»Was hast du denn angestellt?«, fragte sie.

Der Glatzkopf stand unschlüssig da. Sonja verbot ihm, sich auf das Sofa zu setzen, weil da die Kleider lagen, und sie wollte sie nicht wegräumen und dann wieder herräumen, wenn The Dude kam. Der Glatzkopf schaute unglücklich. Sehr unglücklich. The Dude war immer für ihn da gewesen, hatte ihn bei sich wohnen lassen und fast nichts verlangt. Ein paar Botengänge manchmal, und dann hatte The Dude noch Bitte und Danke gesagt. Der Glatzkopf fragte nicht nach, bei gar nichts fragte er, und das gefiel The Dude.

»Wie heißt du eigentlich?«, fragte Sonja.

»Ich bin der Glatzkopf.«

»Vorname oder Familienname?«

»Was?«

»Manfred Glatzkopf oder Glatzkopf Kopetzki?«

»Was?«

»Ein Witz. Auf welchen bist du getauft? Welchen Namen hat sich deine Mutter für dich ausgedacht?«

»Ich habe keine Mutter«, sagte der Glatzkopf. »Ich heiße Elmar, will aber nicht so genannt werden. Man hat mich als Säugling in die Babyklappe gelegt.«

»Du lügst«, sagte Sonja. »Das ist meine Geschichte, ich bin das übrige Kind, das an fremde Leute vergeben wurde. Sag schon, wo wohnen deine Eltern? Sind es Bauern? Du bist ein Bauer.«

»Das bin ich nicht.«

»Für mich bist du ein Bauer.«

»Bin ich aber nicht, Ehrenwort.«

»Ein verlogener Bauer.«

»Bitte, rede nicht so mit mir.«

»Ich bin die Liebste von The Dude, das weißt du.«

»Das weiß ich. Darum kannst du mit mir auch so reden. Lass mich bitte, wie ich bin«, sagte der Glatzkopf.

»Von mir aus, Elmar, sei, wie du bist, Bauer, und jetzt verzieh dich!«

Der Glatzkopf schaute immer noch unglücklich. Er war vor der Wohnungstür aufgewacht, wo ihn The Dude zusammen mit den anderen hingelegt hatte. Neben seinen beiden Kollegen war er aufgewacht, die hatten noch geschnarcht. Er wusste, The Dude wollte ein neues Leben beginnen, und darin würde für ihn kein Platz mehr sein. Jedenfalls nicht, wenn er weiter so soff. Und auch wenn er nicht mehr soff, wenn The Dude in seinem neuen Leben keine Verwendung für ihn hätte, dann hätte er dort keinen Platz.

»Ich könnte euer Diener sein«, sagte er kleinlaut. »Das wäre für mich ganz in Ordnung, weißt du.«

Er hatte sich so hineingesteigert in seine Nichtsnutzigkeit, war durch die Kärtnerstraße gegangen und weiter im ersten Bezirk herum, hatte sich überlegt, was er The Dude kaufen könnte, ein Geschenk, vielleicht eine Schachtel mit belgischen Pralinen. Die schmeckten ihm. Er war in eine Buchhandlung gegangen und hatte sich beraten lassen. Es war eine neue Buchhandlung, die Ratgeber und esoterische Bücher führte und wahrscheinlich schon in ein paar Monaten eingehen würde, aber das wusste der Glatzkopf nicht, auch was esoterische Bücher sind, wusste er nicht. Das Mädchen hinter dem Ladentisch hatte die Arme bunt tätowiert, und die Hände sahen aus wie an das Bunte angeschraubt. Er erzählte ihr von seinem traurigen Bruder, der bei seinem Freund ausziehen musste, weil man ihn dort nicht mehr wollte, dass er seinem Bruder unbedingt helfen müsse, weil der sonst vor die Hunde gehe. Er sei doch selber dieser traurige Bruder, hatte die Tätowierte gesagt, er soll es doch zugeben. Sie gab ihm ein schmales Büchlein und sagte, das gehöre ihr, persönlich, sie habe es aber schon gelesen, vielleicht helfe es ihm ja. Ihr habe es nicht geholfen. Wenn er zufällig wieder in der Gegend sei, solle er es ihr zurückgeben, wenn nicht, dann halt nicht. Es handle von einem hawaiianischen Vergebungsritual, wenn sie es richtig verstanden habe, sicher sei sie nicht. Er müsse sich vor den Spiegel stellen und zu sich selber sagen: Ich liebe dich, ja, ich liebe dich, es tut mir leid, bitte, verzeih mir, danke.

»Einfach so in den Spiegel hineinsagen?«, fragte Sonja. »Zu dir selbst? Davon hält The Dude nichts, da möchte ich wetten. Glaubst du denn an so etwas, Elmar?«

»Bitte, sag nicht Elmar zu mir, ich heiße Glatzkopf«, sagte der Glatzkopf. »Glaubst du, ich könnte mich umtaufen lassen? Offiziell, meine ich. Oder gelten bei uns solche Namen nicht. Ich habe einmal gelesen, dass in Amerika ein Arzt seine Tochter Angina genannt hat. Ich könnte versuchen, an das zu glauben, was in dem Buch steht, vielleicht nützt es bei mir.«

»Aber du warst doch noch nie in Hawaii«, sagte Sonja.

»Glaubst du, man muss in Hawaii gewesen sein, damit es nützt?«

»Schaden würde es jedenfalls nicht.«

»Aber wenn es ein Zauber ist, dann ist es ein Zauber, da wird man ja vorher nicht abgefragt … über Geografie oder so.«

»Das stimmt auch wieder. Wo leben deine Eltern? In der Steiermark? Du hast so etwas Steirisches in deiner Stimme.«

»Ich bin Vollwaise«, wiederholte der Glatzkopf.

»In der Steiermark gibt es auch Vollwaisen«, sagte Sonja. »Hast du nicht zufällig etwas zum Rauchen bei dir? Gib zu, dass du keine Vollwaise bist.«

»Dann gebe ich es halt zu, von mir aus.«

Der Glatzkopf stand noch immer mitten im Zimmer, ein wenig schief zwar, in Socken, seine Schuhe lagen vor der Tür, einer auf der Stiege. Er kramte in seiner Hosentasche und gab Sonja eine Tablette. Könnte er zu seiner Mutter in die Steiermark fahren und so tun, als wären nicht dreizehn Jahre vergangen, seit er von zu Hause fortgegangen war, sie würde ihn gar nicht mehr erkennen. Ihm fiel das Lied vom Hänschen klein ein und die Zeile:

Kommt daher die Mutter sein,
schaut ihm kaum ins Aug hinein,
ruft sie schon,
Hans mein Sohn …

»Dann geh ich halt wieder«, sagte er.

»Und wohin, bitte? Wohin kann einer wie du schon gehen?«

»Fahr ich halt in die Steiermark.«

»Und mistest den Stall aus.«

»Ja, das tu ich.«

Er gab Sonja die Hand. Und dann ging er.

(18) Der Zeitungsausschnitt

Retter in höchster Not – so hieß die Überschrift, darunter war ein Artikel, in dem wurde erzählt, dass ein arbeitsloser Mann einem zehnjährigen Mädchen das Leben gerettet hatte. Das Kind war allein zu Hause gewesen und an diesem sonnigen Tag im Mai am offenen Fenster gesessen und hatte seine Hausaufgaben gemacht. Es hatte mit den Beinen geschlenkert und auf einmal das Gleichgewicht verloren und war vom Fenstersims gerutscht. Es konnte sich noch festhalten, aber wieder hinaufziehen konnte es sich nicht. Es schrie um Hilfe, und da kam besagter Mann am Haus vorbei. Sofort erkannte er die Gefahr. Er stellte sich mit ausgebreiteten Armen auf den Gehweg, nicht zu spät, denn nun konnte sich das Kind nicht mehr halten. Es stürzte vom 2. Stock in die Tiefe und fiel in die Arme seines Retters. Er fing es auf. Aber der Aufprall war so heftig, dass er zu Boden stürzte. Das Kind blieb unverletzt. Der Mann trug Schulter- und Knieverletzungen davon und eine durchaus nicht ungefährliche Stauchung der Wirbelsäule. So war es in der Zeitung zu lesen.

Der Retter hieß Elmar Ganter. Er wurde ins Krankenhaus gebracht und in ein Einzelzimmer gelegt. In ein Einzelzimmer deshalb, weil Journalisten ihn besuchten. Aber auch der Bürgermeister, sogar der Gesundheitsminister. Und er bekam viele Briefe. Er wurde zum Mann des Jahres vorgeschlagen, aber die Jury tagte erst im November, und da war sein Fall schon vergessen. Die Ehre wurde einem Sportler zuteil, der ein Fitnessprogramm für an Rheuma erkrankte Personen entwickelt hatte.

Das war vor fünf Jahren gewesen.

Damals las The Dude den Artikel in der Zeitung, und der Mann ging ihm nicht mehr aus dem Kopf. Er erinnerte sich an seine Kindheit und an das Bild mit dem Engel, der ein kleines Mädchen begleitet, das über eine Brücke gehen möchte, die einsturzgefährdet ist. Gefühle und Gedanken, wie er sie nicht kannte, beherrschten die Tage von The Dude, tiefe Gefühle, tiefe Gedanken. Dass alles einen Sinn hat zum Beispiel. Oder dass der Mensch sich zwischen Gut und Böse entscheiden kann. The Dude war in diesen Tagen stolz, ein Teil der Menschheit zu sein. Das war er bisher noch nie gewesen. Dazu kam, dass er im Radio Louis Armstrong hörte, wie er *What A Wonderful World* sang. Er konnte nichts anderes denken als: Dies ist ein Kommentar. Aber von wem stammte dieser Kommentar? Am liebsten war ihm in dieser Zeit der Gedanke, dass jeder Mensch eine Aufgabe im Leben zu erfüllen habe. Und dass nur der glücklich ist, der dahinterkommt, welche Aufgabe das ist. Dieser Mann, dachte er, dieser Mann ist dahintergekommen. Und er hat seine Prüfung bestanden.

The Dude wollte sich diesen Mann anschauen. Er besuchte ihn im Krankenhaus, das war nicht leicht. Man musste schon jemand sein, wenn man in das Einzelzimmer vorgelassen werden wollte.

»Ich bin sein Bruder«, sagte The Dude.

»Können Sie sich ausweisen?«, wurde er gefragt.

»Halbbruder, um genau zu sein«, sagte er und zeigte

seinen Ausweis. Sein Gesicht, das wusste er, war ernst, würdig und geformt von Familienstolz, da musste er gar nicht bluffen. Er *war* ernst, und er *war* stolz darauf, der Menschheitsfamilie anzugehören, der auch ein Mann wie Elmar Ganter angehörte.

Man ließ ihn vor.

Kahlköpfig lag der Mann auf dem weißen Kissen, umgeben von Blumen und vielen geöffneten Briefen. The Dude schüttelte ihm die Hand und sagte, er habe einen Job für ihn, ob er interessiert sei.

Der Mann war froh über das Angebot. Bereits im Rettungsauto auf dem Weg zum Krankenhaus hatte er sich gedacht, so, jetzt ist meine Durststrecke zu Ende. Einen Lebensretter will jeder haben, einen, der einem Kind das Leben gerettet hat, erst recht. Als dann die ersten Journalisten kamen und sogar das Fernsehen, rechnete er fix damit, dass unter den Lesern und Zusehern Leute wären, die sich sagten, der da, genau der, der da ist genau der Richtige. Aber es hatte sich niemand gemeldet. Der Bürgermeister hatte ihn gefragt, ob es irgendetwas gebe, was er sich wünsche, und er hatte gesagt, ja, einen Job, der einigermaßen gut bezahlt, aber nicht allzu schwer ist. Es hatte sich aber nichts ergeben.

Und nun stand The Dude neben seinem Bett.

»Ich kann jemanden wie dich brauchen«, sagte er.

Elmar Ganter sagte, er müsse ihn warnen, er habe nichts gelernt, fragte dann aber doch, worum es sich bei diesem Job handle.

»Dieses und jenes«, antwortete The Dude und sprach die beiden Worte so aus, als ob es klar definierte Tätigkeiten wären. Da traute sich Elmar Ganter nicht, noch weiter zu fragen.

»Du hast bewiesen, dass du ein mutiger Mann bist, das genügt«, sagte The Dude. »Du bist ein Held. Hast du eine Wohnung?«

»Zur Zeit eben nicht«, murmelte er. »Das war ja auch der Grund, warum ich auf der Straße war.«

»Du bist also nicht nur arbeits-, sondern auch obdachlos?«

»Ich kann aber nichts dafür …«

»Wärst du nicht obdachlos«, sagte The Dude, »dann wäre das Mädchen tot.«

»Das ist richtig«, sagte Elmar Ganter. So hatte er die Sache tatsächlich noch nicht betrachtet.

»Du kannst bei mir unterkommen«, sagte The Dude, »meine Wohnung ist geräumig. Wir werden einander nicht stören.«

»Warum tun Sie das?«, fragte Elmar Ganter.

The Dude betrachtete ihn lange, und seine Arme und sein Nacken fühlten sich an, als ob der Strom des Universums durch seine Adern flösse. Er sagte: »Denk einfach, ich tue es stellvertretend für die Menschheit. Es muss getan werden. Und duze mich, nenn mich The Dude und sag mir, wie du genannt werden willst.«

»Sag Glatzkopf zu mir«, bat Elmar Ganter, »das sagen alle.«

So wurde ihre Freundschaft besiegelt.

Den Zeitungsausschnitt trug der Glatzkopf immer bei sich. Wechselte er die Hose, weil sie gewaschen werden musste, was nicht oft vorkam, dann nahm er den Zeitungsausschnitt aus der schmutzigen und steckte ihn in die saubere. Damit der Streifen Papier nicht zerfalle, überklebte er ihn auf beiden Seiten mit durchsichtigen Klebstreifen in mehreren Schichten.

Der Glatzkopf hatte die Angewohnheit, Hustensaft zu trinken, es verursachte bei ihm eine ansteckende Fröhlichkeit. Traf er auf eine Frau, die ihm zuhörte, kramte er den Zeitungsausschnitt aus dem Hosensack und las ihn vor. Es gab nicht wenige Frauen, die es interessant fanden, mit einem Helden ins Bett zu gehen.

The Dude sagte: »Sie erhoffen sich von dir ein bisschen Erlösung. Sie fühlen, du hast deine Aufgabe im Leben erfüllt. Und zwar mit Bravour. Sie denken, vielleicht können sie von dir lernen. Es ist gut, was du tust.«

(19) The Dude als Kind

Wer hätte gedacht, dass aus diesem lieben Kind einer musischen Familie irgendwann einmal The Dude werden könnte! Um genau zu sein: Musisch war seine Mutter, sein Vater war Kaufmann. The Dude war auf Eric getauft, benannt nach dem Lieblingsbruder seiner Mutter, der auch der Pate war. Er war der einzige Bruder, aber sie sagte über ihn nur: »Er ist mein Lieblingsbruder.« Dieser prächtige Mann, ein Schauspieler und Frauenfreund erster Güte, derb und zart in einem, gütig und brutal, gebildet und halbseiden, war mit dreißig Jahren bei einem Autounfall verunglückt. Im Auto saßen noch seine Schwester und der kleine Eric. Der war damals fünf Jahre alt gewesen, er überlebte als Einziger den Unfall.

Der Vater des kleinen Eric war viel unterwegs, in aller Herren Länder, wie die Mutter sich ausgedrückt hatte, als sie noch lebte. Er kaufte und verkaufte, und was dabei hängenblieb, gehörte ihm. Ein Kettenraucher. Die Mama hatte Klavier gespielt und hatte es geliebt, in Konzerte zu gehen. Sie hatte ihr Söhnchen mit drei Jahren schon mitgenommen, und obwohl er nichts verstand, hatte sie ihm von den Komponisten erzählt, von ihren Werken und wie sie gelebt hatten, wie sie von ihren Mäzenen betrogen und behandelt worden waren. Das hörte sich für den Kleinen an, als wäre seine Mutter eine von diesen Komponisten. Nicht nur einmal hatte sein Onkel Eric zu ihm gesagt: »Deine Mama, ich sag dir nur eines … merk dir das … deine Mama … da fehlen einem die Worte!«

Nach dem Tod der Mutter wohnte Eric bei einer entfernten, reichen Verwandten seines Vaters, die er vorher nie gesehen hatte. Sie war Witwe, ihr Mann sei ein Adeliger gewesen, dem Ländereien gehörten. Das war für Eric eine neue Steigerung: Land, Länder, Ländereien. Aber diese Tante kümmerte sich nicht um ihn, sondern gab ihn bei der Hausangestellten ab, wenn sie verreiste. Und meistens war sie verreist. Sie besaß einen Koffer, der war wie ein Schrank, er reichte ihr bis zur Stirn. Darin waren Kleiderbügel und Schubfächer, sogar ein kleiner Safe.

Wenn sie weg war, kamen der Mann und der Sohn der Hausangestellten, und alle miteinander richteten sie sich in der Wohnung ein. Der Sohn, ein durchtriebener Kerl, war einige Jahre älter als Eric, schon mit fünfzehn hatte er ein verlebtes Gesicht. Er zeigte Eric die wichtigsten Tricks fürs spätere Leben. Manchmal noch hatte Eric Musik in den Ohren, und er sah das Gesicht seiner Mutter vor sich, wie sie mit geschlossenen Augen neben ihm im Konzertsaal gesessen hatte. Sie hatte sich so sehr gewünscht, dass ihr Sohn die Violine lerne, aber dazu war es nie gekommen. In seinem neuen Leben wurde laute Musik gespielt, die ihm auch gefiel, man konnte dazu den Takt schlagen und mitsingen, auch wenn man gar nicht singen konnte. Der Vater überlegte sich, Eric in ein Internat zu stecken, weil Eric aber in dem Sohn der Hausangestellten einen Freund gefunden hatte, wollte er ihn lassen, wo er war. Außerdem war das billiger. Und einfacher. Und Internate waren inzwischen in Verruf geraten. In seiner

Profession, erklärte er seinem Sohn, könne man sich alles leisten, nur nicht einen schlechten Ruf. »Die Leute kaufen nicht, weil sie brauchen, sie kaufen, weil sie dazu überredet werden. Und überreden lassen sie sich nur von jemandem, der einen guten Ruf hat.«

Eric wuchs schnell, mit vierzehn war er bereits größer als sein Vater und größer als der Mann der Hausangestellten. Trick Nummer eins: Sprich immer so, als hättest du als Einziger den Durchblick! Gut sei es, mit »Also dann!« anzufangen, dann würde jeder denken: Endlich einer, der den Durchblick hat und es anpackt! Eric probierte es in der Schule aus und hatte Erfolg, bei den Mitschülern ebenso wie bei den Lehrern. Er trainierte mit Hanteln und wurde stark, mit links konnte er den Sohn der Hausangestellten niederstrecken, und der war darüber stolzer als Eric selbst. Wo Eric auftauchte, wurde er respektvoll behandelt. Er schloss die Schule nicht ab, fand, das sei nicht nötig, meinte, er werde alles erreichen. »Also dann!«

Einmal hatte ihn Vev gefragt, warum er sich so einen komischen Namen gegeben habe. The Dude, überhaupt, was das heiße?

»Das heißt *Der Kerl*«, antwortete er ihr. »Aber klingt The Dude nicht viel besser?«

»Wenn ich du wäre«, sagte sie, »würde ich wieder meinen echten Namen annehmen.«

Da lachte er. Annehmen könne man einen Namen nicht, den habe man. Er zum Beispiel sei getauft auf Eric, nach seinem Onkel, der bei einem Autounfall, den er selbst verschuldet habe, gestorben sei. Auch seine Mutter sei im Auto gesessen, und auch sie sei gestorben. Nur er habe überlebt, und eben das sei der

Grund, warum er nicht mehr Eric heißen wolle. Denn schon mit seinen fünf Jahren habe er gespürt, dass auch von ihm etwas gestorben sei, und das Schicksal habe ihm die Gnade erwiesen, sich selber auszusuchen, was, und da habe er seinen Namen geopfert. Ob sie nicht finde, dass The Dude besser zu ihm passe? Vev fand, das passe überhaupt nicht, und müsste sie erklären, dass der Mann ihrer Mutter The Dude heiße, würden alle nur die Augen verdrehen.

»Außerdem«, sagte er, »heißt jemand in einem Film so, und das ist ein sehr guter Film.« Nicht nur spannend und lustig, auch hochwertig, wenn Vev verstehe, was er damit meine.

»Ich verstehe es nicht«, sagte Vev.

»Irgendwann«, sagte The Dude, »das verspreche ich dir, irgendwann werden deine Mama und du und ich, wir drei ganz allein und sonst niemand, außer dem Hund, in einer schönen Wohnung sein. Deine Mama wird ihr schönstes Kleid anziehen, und Kerzen wird sie anzünden, und ich werde für alles andere sorgen. Nicht kochen, sondern Catering. Und dann setzen wir uns hin und hören uns das Streichquintett von Schubert an. Und weißt du, was ich dann sagen werde, wenn wir endlich schlafen gehen?«

»Nein, das weiß ich nicht.«

»Ich werde sagen: Meine Lieben, das war der schönste Abend meines Lebens, es fehlen mir die Worte …«

Dass Vev ihn als Mann ihrer Mutter bezeichnet hatte, freute ihn so sehr, dass er ihr einen Fünfziger schenkte. »Pur zum Verprassen«, wie er sagte. Vev kaufte von dem Fünfziger ein Hundehalsband.

(20) Ja, der Hund!

Milan kannte eine Trafikantin, die bückte sich nach den Kläffern ihrer Kundschaft und lobte sie vor ihren Herren, auch wenn sie noch so hässlich waren. Sogar vor hechelnden Schäferhunden fürchtete sie sich nicht. Offiziell hatte sich Milan das Rauchen abgewöhnt, aber wenn er allein unterwegs war, heizte er sich gern eine an. In seiner Jacke war immer ein Päckchen *Fisherman's Friend.* Eine Zigarette und danach eine Pastille, und die Welt würde glauben, er sei Nichtraucher, was er ja auch war. Manchmal ging er in die Trafik, legte fünfzig Cent auf den Ladentisch und bat um eine einzelne Marlboro. An der Trafikantin war wirklich nichts auszusetzen. Sie lächelte, schob die Münze zurück, griff in eine Schublade, nahm eine Schachtel heraus und bot ihm eine Zigarette an und dann Feuer. Er durfte sich sogar einbilden, die Schachtel sei nur für ihn allein da, werde für ihn aufbewahrt. Die Frau war eine Problemlöserin. Das hatte sie selbst einmal zu ihm gesagt. »Ich bin eine Problemlöserin« – wörtlich. Sie hatte es anders gemeint, als ein naiver Mensch es hätte verstehen können. Milan hielt sich nicht für einen naiven Menschen. Aber ganz sicher war er sich doch nicht, wie sie es gemeint hatte.

Milans größtes Problem im Augenblick war der Hund. Ja, der Hund! Der mit dem unschönen Fell, den Vev angeschleppt hatte. Der mit dem Sabber vor dem Maul und dem gar nicht niedlichen Blick. Der sich völlig desinteressiert gab. Wenn ihn Milan streichelte, reagierte er nicht und auch nicht, wenn er ihn am Hals kraulte. Klar, man konnte von einem Hund keine Höflichkeit verlangen. Aber es gab höfliche Hunde, und wenn schon ein Hund, dann doch lieber ein höflicher als ein unhöflicher. Außerdem stank er nach abgestandenem Bier und Zigarettenrauch. Sonja roch so. An ihr mochte er den Geruch, aber an dem Hund nicht. Und außerdem hieß der Hund Nemo. Wer will schon einen Hund, den ein Vorgänger »Niemand« genannt hat. Dieser Vorgänger, der wird doch seine Gründe gehabt haben, den Köter so zu nennen. Ein Gutmütiger könnte den Namen ja vielleicht so verstehen, dass der Hund so wenig Arbeit machte, als würde es ihn gar nicht geben. Es könnte sich aber auch einer finden, der diesen Namen anders verstand: Wie froh wäre ich, wenn dieser Hund niemand wäre, wenn er also gar nicht existierte. Die Gutmütigen waren auf dieser Welt eindeutig in der Minderheit.

Milan nahm Vev an der Hand und den Hund an die Leine, und sie gingen zur Trafik. Er wusste den Namen der Trafikantin nicht, duzte sie aber. Sie ihn auch. Wahrscheinlich wusste sie seinen Namen auch nicht. Die Trafikantin trug an diesem Tag ein Häkelkleid, darunter sah man ihren BH. Dieser BH, dachte Milan, der hat einiges zu tun. Er kannte keine Frau, vor der er so etwas sagen hätte dürfen, die wären alle über ihn hergefallen. Er kannte auch keinen Mann, vor dem er das hätte aussprechen dürfen, jedenfalls nicht, ohne so zu tun, als ob er jemand anderen zitierte. Bei der Trafikantin allerdings könnte das anders sein. Außerdem war sie dezent. Sie griff diesmal nicht in die Schublade, sie war eine Menschenkennerin von Format.

Nachdem sie den Hund süß gefunden hatte, wie sie immer alle Hunde süß fand, fragte Milan geradeheraus, ob sie ihn haben wolle. Vev fuhr dazwischen. Er gehöre ihr, empörte sie sich, schob sich vor ihren Vater, dem das recht war. So konnte er vor der Trafikantin mit seinen Augenbrauen spielen, ohne dass es Vev sah. Er wollte eindeutig mit seinen Augenbrauen spielen.

»Ich brauche jemanden, der auf Nemo aufpasst«, sagte Vev, »aber nur, wenn ich in der Schule bin. Von Montag bis Freitag am Vormittag und am Mittwoch auch am Nachmittag. Fressen würde er von mir kriegen, nur Wasser müsste man ihm geben. Er würde die ganze Zeit nur in einer Ecke liegen. Sie würden ihn gar nicht merken.«

Wie sie sich das vorstelle, fragte die Trafikantin, ob sie an Wunder glaube? Sie schmunzelte dabei, was Vev als ein gutes Zeichen wertete, was in Wahrheit aber ihrem Vater galt. Das mit dem Wunder verstand Vev nicht. Wo war das Wunder, wenn jemand auf einen Hund aufpasste, der ohnehin brav war? Ein Wunder wäre es, wenn sich der Hund tagsüber in einen Schirmständer verwandelte.

»Wir könnten dafür bezahlen«, sagte sie kleinlaut und sah ihren Vater an. Mit einem Blick, als wäre ihm die Macht gegeben, ihr auf der Stelle den Kopf vom Leib zu schlagen. Sie wusste, er wollte unter keinen Umständen ein Tyrann sein.

Wie er so mir nichts dir nichts vom Flirten zum strengen, gütigen Vater wechseln sollte, wusste Milan nicht. Er stammelte irgendetwas, was er selber nicht verstand.

Die Trafikantin lachte, ein lautes Lachen wie aus einer Operette. »Wenn«, sagte sie, »ich den Hund«, und grinste dabei, »für ein paar Stunden am Tag nehme«, und flatterte mit den Lidern, »dann mache ich das nur«, und spitzte ihr Mündchen, »wegen deinem Papa.« Und zu ihm sagte sie mit Fragezeichen in der Stimme: »Milan?«

Es wäre im höchsten Maß elegant gewesen, wenn er nun ihren Namen gesagt hätte, einfach nur Helga oder Maria oder Yvonne. Aber er wusste eben nicht, wie ihr Name war, deshalb sagte er: »Madame!«

»Also kann ich den Hund morgen vor der Schule bringen?«, fragte Vev.

»Nein, nein«, unterbrach sie Milan, »eigentlich dachte ich …«

»Was dachtest du denn?«, fragte die Trafikantin.

»Er dachte, Sie würden ihn ganz nehmen«, antwortete Vev für ihren Vater.

»Bring ihn morgen vorbei«, sagte die Trafikantin. »Machen wir es so, eine Woche will ich es mit ihm probieren.«

»Aber zu Mittag hole ich ihn wieder ab«, sagte Vev und blickte, wie eine Vierjährige blickt, wenn sie finster blicken will.

Es wirkte: »Du meinst, du kannst nicht ohne den Hund leben?«

»Ich *will* nicht ohne ihn leben.«

Da trat die Frau hinter dem Ladentisch hervor und nahm Vev in ihre Arme, und das tat Vev gut, denn die Arme waren dick und weich, nicht sehnig und knochig wie die Arme ihrer Mutter und nicht fremd wie die Arme von Nati.

»Und jetzt geh mit ihm spazieren«, sagte Milan.

»Er heißt Nemo«, sagte Vev. »Und du? Gehst du nicht mit?«

»Ich muss noch die Details besprechen«, sagte Milan und griff in seine Jackentasche und nahm die Geldbörse heraus.

(21) Wunschkind

Nati wusste: Milan wollte kein Kind. Eines hatte er bereits, damit war sein Maß voll. Ihre Töchter behandelte er gerecht, liebte sie wahrscheinlich nicht, ließ sich das aber nicht anmerken, rechnete sie sich aber nicht zu. Er argumentierte so: Vermehrung nein, Gleichbleibung ja; die Menschheit sei an ihrer vernünftigen Größe angekommen, von nun an gehe es um Verbesserungen, nicht mehr um Vergrößerung. Jedem Menschen ein Kind, dann würde die Rechnung aufgehen, das lasse sich nachlesen.

Erst hatte sich Nati auf diese Logik eingelassen. »Du und deine Exfrau«, hatte sie gesagt, »ihr habt zusammen erst ein Kind, das heißt, eines hättet ihr noch frei.«

»Ja, dann«, hatte Milan geantwortet, »dann will ich doch schnell zu Sonja reiten!«

Er hatte sie ausdrücklich gebeten, seine Prinzipien zu respektieren. »Wenn du einem Menschen seine Weltanschauung nimmst, nimmst du ihm nicht die Anschauung, sondern die Welt.« Hatte er gesagt. Nati hatte es wörtlich ihrer Freundin Eva weitererzählt, die hatte geschworen: »Wenn das von ihm kommt, beiß ich mir den Daumen ab.«

In dieser Frage würde es mit Milan keine Einigung geben. Aber Nati würde ein weiteres Kind bekommen, das stand für sie fest. In der Liebe war sie ein Mensch, in ihrem Kinderwunsch eine Löwin.

Als sie ein Mädchen war, spielte sie für sich eine Serie, die hieß: *Nati und die Welt*. In den ersten Folgen hieß Nati noch Natalie, aber weil in der Wirklichkeit alle Nati zu ihr sagten, gab sie schließlich nach und kürzte ihren Namen auch im Spiel ab. Es war eine richtige Serie gewesen, wie im Fernsehen. Sie hatte ihr die Tage leicht gemacht und gegen die Einschlafschwierigkeiten geholfen, unter denen sie litt. Nachts im Bett spielte sie ein Geschehnis durch, Tagesreste oder Ausgedachtes, meistens Wünsche an die Zukunft. Nati war ihr Vorbild. Sie hatte nie einen Pickel, sie war immer ideal schlank, dachte aber nie über Kalorien nach, sie war in der Schule in Englisch die Beste gewesen und hatte nicht das geringste Problem mit Mathe gehabt. Jede Folge hatte einen Titel. Eine Zeit lang führte sie in ihrem Tagebuch Protokoll. Eine Episode hieß: *Tief in ihrem Herzen bewahrte Nati den Wunsch nach einem Kind*. Diese Episode umfasste ein Dutzend Folgen.

Daran hatte sie gedacht, als sie sich entschloss, ihr erstes Kind zu bekommen, und auch, als sie ihr zweites Kind bekam. Und als sie irgendwann irgendwo las, glücklich seien jene Menschen, die sich im Leben die Wünsche der Kindheit erfüllten, da wusste sie, sie hatte vieles richtig gemacht.

Allerdings hatte sie auch Fehler gemacht. Sie hätte zum Beispiel Männer in die Serie einbauen sollen. Männer waren vorgekommen, natürlich, aber nur als blasse Randfiguren. Natis erster Mann, in der Wirklichkeit, hatte so eine Nebenrolle gespielt, jedenfalls, wenn er mit Nati zusammen war, für seine Liebhaberinnen und Liebhaber schien er ja ein Glanzpunkt gewesen zu sein. Natis Fehler war gewesen, ihn nicht ernst zu nehmen. »Du hast mich nie ernst genommen«, war das letzte Wort gewesen, das er zu ihr gesagt hatte, als sie vor dem Büro des Anwalts auf die Straße getreten waren.

Diesen Fehler wollte sie nicht wiederholen. Sie nahm Milan sehr ernst. Sie nahm ihn wörtlich. Nachdem klar war, dass alle Menschen gleich sind, dass also auch für sie galt, was für ihn galt, beharrte sie darauf, auch auf *ihrer* Weltanschauung beharren zu dürfen. Sie würde die Kinderfrage also ganz allein mit sich ausmachen.

Erst hatte sie Eva in ihr Geheimnis einweihen wollen, aber sie hatte Angst vor ihrem Zynismus. Sie wusste zwar, der lag nur an der Oberfläche, darunter war »verwundbares Fleisch«. Der Ausdruck stammte von Eva, Nati wäre nicht auf die Idee gekommen, irgendetwas an sich oder einer anderen Person als verwundbares Fleisch zu bezeichnen. Ein weiteres Mal war ihr aufgefallen, dass andere Menschen anders waren als sie, und wieder hatte sie sich darüber gewundert, denn wie sie war, kam ihr durch und durch vernünftig vor. Sie fürchtete sich vor Evas Zynismus, aber mehr noch vor ihrer Moralpredigt. Der Zynismus konnte bei ihrer Freundin schnell in eine Predigt umschlagen. Ja, sie war sich sicher, Eva würde ihren Plan aus moralischen Gründen ablehnen.

Das war Natis Plan: Sie wollte sich von einem beliebigen, halbwegs hübschen, halbwegs intelligenten, netten kräftigen Mann ein Kind machen lassen und es Milan unterschieben. Es wäre ein mehrfacher Betrug, das war ihr klar, aber alles in allem vertretbar. Sie respektierte Milans Überlegungen zum Bevölkerungswachstum, sie würde ihn also nicht zwingen, gegen seine Prinzipien zu verstoßen. Er würde ihnen treu geblieben sein, nur dass er es nicht wüsste. Er wäre weiterhin der Vater nur eines Kindes. Was er glauben würde, zählte nichts. Milan würde das neue Kind vielleicht sogar lieben, weil er denken würde, es sei seines. Damit wäre der mehrfache Betrug abgemildert.

Soweit Natis Rechnung.

Eva würde sie unter einer Morallawine begraben, wenn sie ihr von diesem Plan erzählte. Aber ganz allein traute sich Nati nicht in dieses Abenteuer. Eva kannte sich mit Männern aus, sie könnte ihr raten. Sie wollte Eva fragen, ob sie nicht Lust hätte, einen Urlaub mit ihr zu verbringen. Zwei Freundinnen in der Karibik oder so. Es gab auch günstigere Angebote, die gute alte Türkei, all-inclusive. Dort würde sie einen Mann kennenlernen, und mit diesem würde sie in ihrer günstigsten Zeit Sex haben. Der Mann würde vom Ergebnis nie etwas erfahren; er wird glauben, nicht Vater zu sein – ähnlich wie Milan, nur umgekehrt.

Bald hatte sie den Gedanken wieder verworfen, weil ihr einfiel, wie gefährlich ungeschützter Verkehr mit einem Fremden war. Naheliegend war ein Arzt. Der über alle möglichen Ansteckungsgefahren Bescheid wusste. Der Turnusarzt, der im Waldviertel mit ihr eine Praxis eröffnen wollte? Lächerlich! Oder der Chefarzt in der Kardiologie im 6. Stock, der sie bereits zweimal gefragt hatte, ob sie mit ihm nach der Arbeit ein Glas Wein trinken wolle …

(22) Interessenskonflikt

Es geschah etwas Verrücktes. An dem Tag, an dem Nati ihre Freundin anrief, um zu fragen, ob sie zum Mittagessen in die Kantine komme – genau an diesem Tag hatte sich auch Eva entschlossen, ihrer Freundin von einem Plan zu erzählen.

»Ich zuerst«, sagte Eva.

Das war Nati recht. So konnte sie abschätzen, wie Eva gestimmt war, zynisch oder barmherzig, warmherzig oder katholisch.

Entgegen ihrer sonstigen Gepflogenheit sprach Eva sehr leise. »Ich habe mich nämlich entschlossen, ein Kind zu kriegen«, flüsterte sie. »Schließlich werde ich in diesem Jahr vierzig.«

Vielleicht, dachte Nati, hat sie einen Freund, einen neuen, mit dem sie sich einig ist, das konnte bei Eva schnell gehen, noch schneller, weil sie, wie sie ja selber sagte, in diesem Jahr vierzig wurde. Vielleicht aber hat sie schon lange einen Freund und versteckt ihn vor mir. Weil er ihrer Meinung nach nicht gut genug aussieht oder nicht gescheit genug ist und weil sie nicht will, dass er gegen Milan abstinkt. Das hielt sie für wahrscheinlicher.

»Ich will aber, hör zu Nati, dass die Vaterschaft im Unklaren bleibt.«

Nati rückte näher, ihre Köpfe berührten sich über dem Zürcher Geschnetzelten, das heute, wie Nati fand, ein wenig zu rahmig ausgefallen war. Die Nudeln waren perfekt, al dente.

»Aber dafür«, fuhr Eva fort, »sind einige gewissenhafte Vorbereitungen notwendig.«

»Sicher.«

»Und darum stelle ich dir eine Frage.«

»Und zwar?«

»Zuerst dachte ich ja, ich greife mein Erspartes an und lade dich auf einen Seminarurlaub ein.«

»Verstehe ich nicht.«

»Ich gebe zu, du wärst nur eine Art Aufputz gewesen oder nicht einmal das, eine Art Begleitperson. Damit ich nicht so heiß rauskomme. Du bist doch nicht böse?«

»Noch nicht. Was ist ein Seminarurlaub?«

»Das ist eine Art sexuelles Auswahlverfahren auf höherem Niveau.«

»Und was wäre ein sexuelles Auswahlverfahren auf niedrigem Niveau?«

»Karibik, Malediven, Türkei, aber egal. Das geistige Niveau bei einem Seminarurlaub wäre wohl höher, aber Typen sind Typen. Unterbrich mich nicht, Nati, ich rede ja nur noch vor dir so, vor der übrigen Welt halte ich durch. Ich will keinen ungeschützten Verkehr mit irgendwelchen Männern. Also habe ich mir die Frage gestellt … «

»Naheliegend wäre ein Arzt, das meinst du.«

»Dreh dich jetzt bitte nicht um«, zischte Eva.

»Du meinst«, sagte Eva, »weil an dem Tisch hinter uns Dr. Traxler sitzt, der Kardiologe, und weil Dr. Traxler, der Kardiologe, der Mann ist, den du dir ausgesucht hast.«

»Hallo!«, sagte Eva. »Wir sollten einmal ins Casino gehen.«

»Ich habe also recht?«

Eva nickte nur, und Nati fiel die Gabel in den Teller.

»Du erträgst nicht einmal eine Katze, was willst du mit einem Kind?«, sprudelte es aus ihr heraus. »Außerdem ist es gewissenlos, einem Kind keinen Vater zu gönnen.« Nie redete sie viel, sie war eher eine, von der man sich denkt, sie denkt sich ihren Teil. Aber hier ging es um ihr Leben. Außerdem fiel ihr nichts anderes ein, um ihre Tränen zu unterdrücken, als sie niederzureden. »Du bist nicht sein Typ«, sagte sie, »und zwar überhaupt nicht, das weiß ich, du bist viel zu mager und zu harsch, außerdem ist es ihm gegenüber eine absolute Gemeinheit. Er ist ein feiner Mensch durch und durch. Was ich schon immer vermutet habe, Eva, du hast absolut keine Moral, und deshalb wirst du einsam sterben.«

Eva starrte sie an. Eine Pause entstand, und Nati begann zu weinen.

»He«, sagte Eva, »wein doch nicht. Ich verstehe dich. Aber, Nati, du brauchst dir keine Sorgen um mich zu machen. Darum will ich ja ein Kind. Damit ich nicht einsam sterbe. Außerdem ist es gar nicht nötig, dass ich sein Typ bin. Im Gegenteil. Dann müsste ich ja bangen, ihn hinterher nicht loszuwerden. Ich bin harsch? Die harsche Eva. Eva, die Harsche. Ich bin die harsche Eva, der Liebling der Saison. Aber ich kann spielen. Spielen, Nati! Ich kann weich sein wie eine reife Kaki.«

Nati stand auf und ging, ohne sich zu verabschieden. Ihre Absätze klackten auf dem Steinboden. Eva schaute ihr nicht nach. Dafür aber Dr. Traxler, der Kardiologe vom 6. Stock.

Ich muss handeln, sagte sich Nati. Jetzt. Sofort. Nicht erst morgen. Nicht erst in einer Stunde. Sofort! Sie stellte sich im Waschraum vor den Spiegel, wusch ihr Gesicht und schminkte nach. Sie zog einen frischen weißen Kittel an. Zehn Minuten waren vergangen. Mit einem Seitenblick hatte sie registriert, dass Dr. Traxler bereits beim Nachtisch angekommen war, etwas mit Himbeeren. Sie fuhr mit dem Lift in den 6. Stock. Klopfte an. Dr. Traxler saß über einem Bericht. Die Luft war stickig im Zimmer, und er sah erschöpft aus. Trotz Mittagspause.

Willst du mich?, fragte sie.

Ja, sagte er.

Wenn, dann jetzt, sagte sie. Jetzt sofort.

In Wirklichkeit sagte sie nichts. Starrte nur. Fühlte sich von ihrer eigenen Fantasie gedemütigt. Die offensichtlich nicht über die Fantasie eines Ärzteromanheftchens hinausreichte.

»Verzeihen Sie«, stammelte sie, »ich habe mich in der Tür geirrt. Im Stockwerk sogar.«

»Das ist schade«, sagte Dr. Traxler.

Sie glaubte ihm nicht, dass er das schade fand. Er glaubte ihr auch nicht, das sah sie ihm an. Keiner in diesem Raum glaubte dem anderen.

»Wollen Sie sich nicht trotzdem einen Augenblick setzen?«, sagte Dr. Traxler. »Leider bin ich nicht sehr gesprächig im Augenblick. Mir ist heute Morgen etwas misslungen. Ich dachte, es wird mir gelingen, aber es ist mir misslungen. Leider bin ich nicht so abgebrüht, wie ich in meinem Beruf sein sollte. Aber soll man das? Was meinen Sie? Soll man das?«

Nati setzte sich auf den Stuhl, der an der schmalen Seite seines Schreibtisches stand, und bewegte nur einmal leicht den Kopf. Das hieß nein.

So saßen sie eine Viertelstunde oder weniger.

(23) Das Leben ist ein Schundroman

Nati hatte einen Instinkt für Kitsch und Schund. Den hatte sie sich auf dem Weg, ihr eigener Diktator zu werden, erworben. Die Nati nämlich, die sie unter ihr Diktat bringen wollte, die wäre sonst dem Kitsch und dem Schund verfallen. Und dann hätte sie sich beim ersten Erwachen die Kugel gegeben. Auch diesen Gedanken hätte sie nie, nie, nie laut ausgesprochen, denn auch dieser Gedanke war Schund und Kitsch. Manchmal saß sie da, die Hände auf den Knien, und rührte sich nicht, weil sie ahnte, dass bereits die kleinste Bewegung aus einem Schundroman abgeschaut und jedes Wort aus einem Kitschheft abgelauscht sein würde.

So saß sie in Unterwäsche auf der Patientenliege in Dr. Traxlers Büro und ließ die Beine baumeln wie ein Kind. Sie wusste, diesmal würde sie nichts und niemand aus Schund und Kitsch retten können.

Als Nati dreizehn Jahre alt war, wurde sie von einem Mädchen aus der Nachbarschaft beste Freundin genannt. Und dieses Mädchen, sie hieß Heidrun (als erwachsene Frau nannte sie sich Yvonne, nachdem sie sich von ihrem Mann, der ein Funktionär in einer rechtsradikalen Partei war, hatte scheiden lassen), dieses Mädchen hatte Nati keine Ruhe gelassen, immer wieder hatte sie gefragt: »Nati, bin ich auch deine beste Freundin?« Und wenn Nati sagte, ja, das sei sie, dann drängte sie weiter: »Sag es! Sag es einmal! Sag es wenigstens einmal!« Aber Nati sagte es nicht, nicht ein einziges Mal.

Irgendwann hatte sie Heidrun von ihrer Fantasieserie erzählt, von *Nati und die Welt*. Da wollte Heidrun mitmachen, sie wollte, dass sich Nati nicht mehr allein ihre Welt ausdenkt, sondern dass sie es gemeinsam tun. Das lehnte Nati strikt ab. »Dann bist du nicht mehr meine beste Freundin«, drohte Heidrun. Darüber wäre Nati froh gewesen. Das sagte sie nicht, sie sagte: »Das tut mir leid. Das tut mir sehr leid, aber ich kann nicht anders. Ich will eben nicht, dass wir uns gemeinsam meine Serie erzählen.« Da weinte Heidrun und ging. Und meldete sich zwei Wochen lang nicht mehr. In dieser Zeit fühlte sich Nati frei und erwachsen. Kein einziges Buch las sie in dieser Zeit, und keine einzige Folge von *Nati und die Welt* dachte sie sich aus. In dieser Zeit gab sie einige ihrer Lieblingsspeisen auf und fand Geschmack an Scharfem wie ein Erwachsener. Dann näherte sich Heidrun wieder an. Sie verkündete, sie habe nun eine eigene Serie. In dieser Serie sei sie eine Krankenschwester und verliebt in einen Arzt. Jeden Tag erzählte Heidrun eine Fortsetzung. Und Nati verfiel dem Kitsch und dem Schund. Und eines Tages sagte sie zu Heidrun: »Verschwinde aus meinem Leben!« Genauso drückte sie sich aus. Dann war sie wieder allein und wie auf Entzug. Da beschloss sie, ein Diktator zu werden.

Und nun saß sie in Unterwäsche auf Dr. Traxlers Patientenliege und ließ die Beine baumeln. Schon in der ersten Folge von *Heidrun und die Welt* hatte sich Schwester Heidrun Dr. Sohm hingegeben. Heidrun kannte sich aus, sie war erst vor Kurzem nach einer Sportverletzung am Knie operiert worden. Sie wusste, wie es im Behandlungsraum eines Arztes aussah, dass da eine Patientenliege stand, so schmal, dass zwei Menschen darauf gar nicht anders liegen konnten als in Umarmung. Also erzählte Heidrun von der Krankenschwester Heidrun, die irgendwie in den Behandlungsraum von Dr. Sohm geraten war und dann irgendwie auf die Liege und damit in seine Arme. Und Nati hatte sich die Geschichten angehört und hatte sie gern gehört und hatte sich gehasst, weil sie diesen Kitsch und Schund gern hörte. Aber nach der zwanzigsten Folge von *Heidrun und die Welt* siegte der Diktator, und sie warf Heidrun aus ihrer Welt hinaus, und zwar mit einem Satz, wie er in *Nati und die Welt* hätte gesagt werden können: »Verschwinde aus meinem Leben!« Und da hatte Heidrun Nati verflucht: »Ich wünsche dir alle Scheiße der Welt!«

Und nun saß sie in Unterwäsche auf einer Patientenliege, und sie war Krankenschwester und im Begriff, sich in den Chefarzt der Kardiologie zu verlieben.

»Ziehen wir uns an«, sagte Dr. Traxler.

In *Heidrun und die Welt* würde er als nächstes sagen, dass er verheiratet sei.

»Du weißt, ich bin verheiratet«, sagte Dr. Traxler.

Schwester Heidrun würde sagen, ja, das wisse sie, obwohl sie es nicht wusste.

»Ja, das weiß ich«, sagte Nati, obwohl sie es nicht wusste.

In *Heidrun und die Welt* würde Dr. Sohm fragen, wie Heidrun denke, dass es mit ihnen weitergehe.

»Wie denkst du, dass es mit uns weitergeht?«, fragte Dr. Traxler.

Heidrun würde sagen: Ich weiß es nicht.

Nati sagte: »Denken wir nicht darüber nach. Lassen wir es geschehen, wie es geschieht. Nur nicht mehr hier, du im Arztmantel und ich in der Schwesterntracht, und bitte nicht auf der Liege, die einem keine Wahl lässt. Was zum Beispiel hätte deine Sekretärin gedacht, wenn sie gekommen wäre und die Tür wäre abgesperrt gewesen?«

Dr. Traxler gab darauf keine Antwort. Noch hatte er seinen Mantel nicht übergezogen und Nati noch nicht den ihren. Jetzt schaut er mich an, als sähe er mich zum ersten Mal, dachte Nati. Sie vermutete, sie würden gleich beratschlagen, wie sie einander in Zukunft begegnen sollten, im Krankenhaus und außerhalb.

»Schreibst du Nati mit H oder ohne?«, fragte er.

»Wenn ich meinen Namen schreibe, dann Natalie.«

»Ist es dir recht, wenn ich Natalie zu dir sage?«

»Das ist mir sehr recht, ja.«

Gleich nimmt der Arzt die Krankenschwester in die Arme, dachte Nati. Und so war es.

»Darf ich mir Natalie mit einem H denken?«

»Denken darf sich jeder alles«, sagte Nati. »Und wieso?«

Dr. Traxler lachte und drehte sich um sich selbst, faltete die Hände und bedeckte mit den gefalteten Händen Mund und Nase, dann sagte er und war verlegen: »Darf ich?«

»Was?«

»Singen?«

»Singen?«

»Als ich dreizehn war, wollte ich Schlagersänger werden. Mein Vater war nämlich Schlagersänger. Er war natürlich nicht Schlagersänger, er war Polizist. Aber in seiner Freizeit hat er Tanzmusik gemacht. Praktisch jedes Wochenende und im Fasching praktisch jeden Tag. Wir haben in einem großen Haus gewohnt, ein Kitsch, das kann sich niemand vorstellen, weiße Säulen rechts und links neben dem Eingang, wie weißer Marmor, natürlich geblufft, Esszimmereinrichtung wie bei einem Fürsten, geblufft. Alles finanziert mit Tanzmusik. Er hat nie einen Groschen Steuern dafür bezahlt, obwohl Polizist.«

Er ist verrückt geworden, dachte Nati. Schade. Kaum taucht in Schwester Natis wirklicher Welt ein Arzt als Liebhaber auf, ist er verrückt.

Und dann sang Dr. Traxler:

Der Rote Platz war leer,
Vor mir ging Nathalie.
Sie hatte einen schönen Namen,
meine Fremdenführerin – Nathalie.

Er breitete die Arme aus und wartete.

Der Diktator in Natis Brust befahl: Nicht klatschen, auf keinen Fall klatschen! Aber sie klatschte.

»Kennst du das Lied?«, fragte Dr. Traxler, Chefarzt für Kardiologie. »Gilbert Bècaud. Einer der Höhepunkte im Programm meines Vaters.«

Jetzt wird er die Tür aufsperren, und alles ist vorbei, dachte Nati.

Dr. Traxler sperrte die Tür auf und sagte: »Ich will ehrlich sein, ich bin nicht verheiratet. Nicht mehr. Seit einigen Wochen bin ich geschieden. Ich habe eine erwachsene Tochter. Sie lebt in Berlin. Ich wohne in einer kleinen Wohnung. Obwohl ich mir eine größere leisten könnte.«

Im Gang traf Nati Dr. Traxlers Sekretärin.

»Bist du seine Patientin?«, fragte sie. »Wenn ja, musst du dich bei mir anmelden.«

Sie duzten einander alle, die in der Schwesterntracht, egal von welchem Stockwerk sie kamen. Nati zuckte die Achseln und ging weiter.

(24) Noch eine Liste

Milan hatte in seinem Leben mit elf Frauen geschlafen. Die Trafikantin war die zwölfte.

Er war zufrieden mit sich selbst und rief sich alle seine Frauen in Erinnerung.

Die erste: Sie hieß Ruth und war zwanzig, und er war auch zwanzig gewesen. Ein Spätzünder. Sie war dünn und hart in seinen Händen, sie wartete ab. Er merkte, sie wollte von sich aus nichts tun, würde aber alles tun, was er wollte. In Kleidern gefiel sie ihm besser als nackt. Mehr als drei- oder viermal schliefen sie nicht miteinander. Was aus ihr geworden ist, wusste er nicht.

Die zweite: Ihren Namen wusste er nicht mehr, hatte er vielleicht nie gewusst. Sie hatte einen breiten Hintern, aber rund und fest, und einen Busen hatte sie, der war dem Hintern nahe verwandt. Sie hatten einander bei einer Party kennengelernt, zu der er gar nicht eingeladen war. Er hatte einen Freund besuchen wollen, der einen Stock tiefer wohnte. Der war nicht zu Hause, da hörte er oben Musik und betrat einfach die Wohnung und nahm sich vom Bier und vom Salat. Niemand fragte ihn, wer er sei. Und hinterher ging er mit ihr zu ihr. Er hatte sich sogar in sie verliebt, aber als er sie am nächsten Tag besuchte, war ihre Freundin da, und da saßen sie dann um einen Tisch herum, der aus drei rot angemalten Holzkisten bestand, und tranken Tee und aßen Weihnachtskekse, es muss also im Winter gewesen sein, obwohl es ihm in der Erinnerung so vorkam, als wäre Sommer gewesen. Sie wussten nicht, was sie reden sollten, und er war bald wieder gegangen.

Die dritte: An sie dachte er nicht gern, immer noch nicht, sie hieß Christa. Zu der Zeit trug er gern Jeans und T-Shirt und darüber Flanellhemden im Holzfällerstil, die Hemden offen. Christa mäkelte so lange an ihm herum, bis er auf Anzüge umstieg. Dann warf sie ihm vor, er esse zu schnell, und er aß langsam. Dann trank er ihr zu wenig Wasser, und er trank mehr. Dann machte sie sich lustig über ihn, wie er an Gott glaubte, und er glaubte nicht mehr an Gott. Sie behauptete, er rieche aus dem Mund, da ließ er sich beim Zahnarzt die Zähne reinigen und nahm Tabletten gegen den Helicobacter. Er war ihr zu fröhlich und zu oberflächlich, und sie warf ihm vor, dass er sich nur deshalb gebessert habe, weil es ihm gleichgültig sei und er seine Ruhe haben wolle. Sein Geburtstagsgeschenk an sie bezeichnete sie als einen Witz; wenn er etwas romantisch fand, fragte sie: »Wieso?«, und grüßte er fremde Leute auf der Straße, weil er meinte, das gehöre sich und passe zu seinem Anzug, lachte sie ihn aus und nannte ihn ein Landei. Irgendwann meldete er sich einfach nicht mehr bei ihr, und wenn sie anrief, nahm er nicht ab.

Mit der vierten hatte er nur einmal geschlafen. Im Auto. Er hatte sie von irgendwo mitgenommen und irgendwo hingefahren, und dazwischen waren sie auf einem Parkplatz stehengeblieben. Es hatte geschüttet. Sie hatte liebe Augen und lächelte immer, da waren die Augen schmal. Er hatte versucht, sie wiederzusehen, aber es gab keinen Anhaltspunkt. Schade. Aus ihnen beiden hätte etwas werden können. Vielleicht hatte sie ja auch versucht, ihn ausfindig zu machen. Wirklich schade.

Die fünfte: Sie hieß Inge Schweiger und kam aus Wuppertal. Sie trafen einander in Südfrankreich während eines Urlaubs. Milan war überhaupt nicht der Typ für Urlaub, aber ein Freund hatte ihn überredet, mit ihm gemeinsam in die Camargue zu fahren, zu dem Flamencofestival, das jedes Jahr in Les Saintes-Maries-de-la-Mer stattfindet, dort könne man gratis die besten Gitarristen der Welt hören. So wirklich interessiert war Milan nicht an den besten Gitarristen der Welt, aber er hatte sich nicht aufraffen können, Nein zu sagen, und der Freund drängte, weil er jemanden brauchte, der die Hälfte des Benzins zahlte. Dann gefiel es ihm aber sehr gut dort, er tanzte mit den Touristinnen, und eine war eben Inge Schweiger. Sie war mit einer Freundin unterwegs, hatte sich mit ihr zerstritten, das Auto aber gehörte der Freundin. Daraufhin zerstritt sich auch Milan mit seinem Freund, und er und Inge Schweiger fuhren mit dem Zug zurück, Milan mit ihr nach Wuppertal, wo sie in einer kleinen Wohnung lebte, in der ein Stutzflügel stand, auf dem sie aber nicht spielen konnte. Sie war sehr leidenschaftlich, nur interpretierte sie ziemlich viel in den Sex hinein, was nach Milans Meinung nicht hineingehörte, Esoterik und Philosophie, Religion, das ging ihm ziemlich auf die Nerven. Als sein Urlaub vorbei war, fuhr er mit dem Zug nach Hause. Sie meldete sich nicht mehr bei ihm, er sich nicht mehr bei ihr.

Die sechste Frau und die siebte waren Kurzbekanntschaften, mehr wusste er nicht über sie.

Der achten Frau hatte er einen Heiratsantrag gemacht. Sie hatte einen guten Beruf, leitete zusammen mit zwei anderen Frauen eine Konzertagentur, die sich auf die Entdeckung junger klassischer Musiker aus Osteuropa, Russland und immer häufiger auch China spezialisiert hatte. Sie hieß Mary, sie nannte sich nicht nur so, sie hieß so, so stand es in ihrem Pass. Sie fragte ihn, ob er ein Problem damit hätte, wenn sie seine Chefin wäre, wenn nicht, würde sie ihn gern als ihren Sekretär anstellen. Milan hatte kein Problem damit. Er begleitete sie auf mehreren Auslandsreisen. Ganz genau wusste er nicht, was er zu tun hatte. Ein bisschen streng war sie, aber eigentlich nur in der Öffentlichkeit, im Privaten war sie anhänglich und sprach davon, dass sie sich Kinder wünsche. Da hatte er um ihre Hand angehalten. Er stellte sie seiner Mutter vor, und die war begeistert, riet aber dazu, erst ein Jahr abzuwarten. In diesem Jahr tat sich einiges. Mary war nicht zufrieden mit seiner Arbeit. In einem Wutausbruch sagte sie: »Du bist rausgeschmissenes Geld!« Da trennte er sich unverzüglich von ihr. Sie rief bis zu zehnmal am Tag bei ihm an, weinte, entschuldigte sich, beschuldigte sich. Er aber blieb hart. Seine Mutter kommentierte: »Du bist verrückt, Milan, sie wäre deine Rettung gewesen!« Das verunsicherte ihn. Er sah sich nicht als einen, der gerettet werden musste.

Die neunte Frau war Sonja.

Die zehnte war die Trostfrau. Sonja hatte sein Selbstbewusstsein in Trümmer gehauen, hatte ihm aber Vev geschenkt, weswegen sie auf ewig etwas Besonderes für ihn sein würde. Außerdem, so sagte er sich, war er durch die Vaterschaft zu einem erwachsenen Mann geworden. Aber auch später noch, als er schon geschieden war und mit Nati zusammenlebte, rief er bei der Trostfrau an, wenn er meinte, Trost nötig zu haben, und sie trafen einander. Aber immer seltener.

Die elfte war Nati, die zwölfte die Trafikantin.

(25) Un beau gâchis

»Un beau gâchis!« – Der Lieblingsausspruch von Milans Mutter, wenn sie sein Zimmer betrat, als er ein Jugendlicher war. Er drehte sich zur Wand und tat so, als wäre sie nicht da. Sie hob eine Schallplatte vom Boden auf und ließ sie wie ein Frisbee in seine Richtung segeln. Er nahm es gelassen hin. Das machte sie so zornig, dass sie seine Zimmertür zuknallte und fluchend über die Treppen ins Wohnzimmer hinabstieg.

»Un beau gâchis!«, rief sie aus, wenn sie Milan, damals noch mit Sonja und dem Baby, besuchte. Sonja fragte, ob das das Einzige sei, was sie auf Französisch könne. Die Schwiegermutter nahm das Baby in den Arm und schaukelte es, fand keinen Platz, wo sie es hinlegen hätte wollen. Überall verstreut Babysachen, Decken, der säuerliche Milchgeruch setzte ihr zu. Bevor sie den Mantel anzog, schüttelte sie ihn aus und roch daran. Sie nahm ihr Parfum aus der Tasche und sprühte es an den Kragen. Sie fand ihr Halstuch nicht. »Wenn ihr es findet«, sagte sie, »legt es auf die Seite, es ist von Hermès und aus Seide.«

Sie stolzierte mit ihren orthopädischen Schuhen davon.

»Un beau gâchis« war die zutreffende Bezeichnung für Milans jetziges Leben. Zum Glück kam die Mutter nicht auf Besuch. Wenn er sie traf, traf er sie in einem Kaffeehaus. Dann saß er in weißem Hemd mit Krawatte am Tisch und nahm den Umschlag mit dem

Geld in Empfang. Beschämt fühlte er sich. Ganz sicher war er aber nicht, ob er sich beschämt fühlte.

Es war, als würde die Unordnung sich ewig fortsetzen. Nichts war an seinem Platz. Milan konnte nur mehr die Decke über den Kopf ziehen und sich krank stellen. Alles war ihm zu viel. Es war wie Laufen unter Wasser. Die Mädchen plapperten und kreischten, er hatte keinen Zugang mehr zu Vev. Sie hatte sich Maja und Fritzi angeschlossen, zu dritt bildeten sie eine Mauer. Einmal ging Vev an ihrem Vater vorbei und trug einen BH von Maja, der ihr zu groß war, viel zu groß. Vev war ohne Busen, dabei streckte sie ihm die Zunge heraus.

Nati resignierte. Nicht die Mädchen waren der Grund, sondern Milan, der ihr jeden Zugriff verwehre. Zugriff – wie sich das anhörte! Sie aber dachte mit genau diesem Wort an die Vertraulichkeiten, die ihr Milan verwehrte. Er hatte ihr erklärt, dass er auf keinen Fall mehr ein Kind wolle, er habe versagt, bei seinem eigenen wie auch bei ihren zwei Mädchen. Wenn sie das akzeptiere, würde er sie heiraten, wahrhaftig heiraten. Wenn nicht, nicht. Sie schliefen in einem Bett, aber jeder für sich, Milan, den Kopf dem Fenster zugewandt, Nati zur Tür.

Eine Ehe mit Nati wäre für Milan wie eine Lebensversicherung gewesen. Sie hätte für ihn gesorgt, er hätte, während sie arbeitete, seine Freizeit gehabt, anders als damals bei Mary. Er hätte die Trafikantin manchmal für zwei Stunden besuchen können, bevor die Mädchen von der Schule kamen, hätte mit der Trafikantin *Siebzehn und Vier* spielen können und einen Whisky trinken, eine oder zwei Zigaretten rauchen. Ganz ohne Verpflichtung.

In Natis Augen machte es einfach mehr her, wenn man verheiratet war. Ihr erster Mann hatte sich genau wie Milan von ihr ferngehalten, als hätte sie eine ansteckende Krankheit. Von einem Tag auf den anderen. Sie wusste von Eva, die aufopfernd als ihre Detektivin gearbeitet hatte, dass er zu der nämlichen Zeit einen Freund hatte und sich nicht entscheiden konnte, sollte er nun schwul sein oder bisexuell oder doch und endgültig hetero. Eva hatte ihm probeweise Avancen gemacht und war abgeblitzt.

Milan war faul. Am liebsten wäre er wie dieser Fürst aus dem russischen Roman nie aus seinem Morgenmantel gestiegen. Und wäre er so ein Fürst gewesen, hätte es niemand gewagt, ihm das vorzuwerfen.

Natis Exmann – Lex, wie er sich seit seiner »Neuorientierung« nannte – war das Gegenteil von faul. Er hatte immer Angst gehabt, irgendetwas zu versäumen, und wäre es die Umstellung von Normalzeit auf Sommerzeit. Von Beruf war er Vertreter für Sportartikel. Er verkehrte mit Besitzern von Fitnessstudios, betrieb selber Sport und rieb sich seit Neuestem also an den Muskeln nackter Männer. »Nicht seit Neuestem«, hatte Eva mit gesenktem Blick ihre Erkundigungen zusammengefasst. Nati blieb bei »seit Neuestem«. Und bei Herbert.

Wenn Herbert zu Hause gewesen war, und das war selten genug, war er vor dem Laptop gesessen oder hatte telefoniert oder beides. Nie mehr hatten sie gemeinsam gegessen. Seit wann eigentlich? Er ernährte sich von Kraftnahrung aus der Dose, einer Art Hundefutter. Sie vereinbarten, dass er ihr die Kinder überlasse. Das klang problemlos harmonisch. Fritzi, die gerade zwei war, wusste wenig über ihren Vater, sie vermisste ihn nicht. Aber die achtjährige Maja litt. Sie liebte ihren Vater. Nati hatte keine Hoffnung, dass sie ihn vergessen könnte. Maja erzählte ihren Freundinnen und Vev Wundergeschichten über den Mann, der ihr Papa war. Einer der über Seile balancierte. Dass sie nicht einmal wusste, wo er wohnte, dass er sich nie bei den Kindern gemeldet hatte, verzieh sie ihm. Er habe seine Gründe. Wahrscheinlich, weil die Mama so kompliziert war.

Maja war verliebt in einen Burschen aus der Maturaklasse. Er erzählte, dass er in einem Club arbeite und dort jeden Abend heiß auflege. Ihr hatte er das nicht erzählt, aber einer Gruppe anderer Schüler, in deren Mitte er stand wie ein Politiker. Heiß auflegen – niemand wusste, was er damit meinte. Maja wollte es wissen. Sie überredete Vev und Fritzi, sie bis vor die Tür des Lokals zu begleiten. Vev schrieb einen Zettel und klebte ihn an die Küchentür: *Wir sind auf einem Spaziergang und fragen Maja Französischvokabeln ab.*

Die drei Mädchen schlenderten am Donaukanal entlang, es dämmerte bereits. Als sie ihr Ziel erreicht hatten, schickte Maja Vev und Fritzi nach Hause. Sie zog ihren Lippenstift aus der Tasche, schminkte sich, fuhr sich blind mit dem Kajal um die Augen, öffnete den Pferdeschwanz, warf den Kopf nach vorne, zauste sich die Haare und schlüpfte in das Lokal, bevor sie einer fragen konnte, wie alt sie sei.

Fritzi wollte nach Hause, sie glaubte an Geister. Aber Vev schlug vor zu warten, bis Maja wiederkomme, dann könnten sie zusammen los. Es war schon gleich zehn. Milan schaltete den Krimi ab, die Mörderin war überführt. Erst jetzt fiel ihm auf, dass er allein in der Wohnung war. Nati hatte Nachtdienst. Er fand den Zettel an der Küchentür und ging los, um die Mädchen zu suchen. Er fühlte sich überfordert, als hätte er bereits die halbe Welt umrundet, und die Welt ging ihm auf die Nerven. Fritzi und Vev saßen auf der Mauer am Donaukanal, sie sahen Burschen zu, die Wände besprühten. Erst brachte Milan die zwei in Sicherheit. Er war zu müde, um zu schimpfen, zu erschöpft, um überhaupt zu reden, stumm sperrte er sie in der Wohnung ein und ging noch einmal los, um Maja zu suchen.

Es war schon Morgen, und Nati kam aus dem Nachtdienst zurück, da war weder Milan noch Maja zu Hause. Milan war auf dem Handy nicht zu erreichen, Majas Handy war ihr von Nati abgenommen worden, wegen Suchtgefahr.

Vev und Fritzi sagten, sie wüssten überhaupt nichts.

Nati trank erst einen Mokka, dann rief sie bei der Polizei an. Ein neues Leben war keine Option für sie. Auch nicht an der Seite eines Kardiologen.

(26) Kein Handy

Einen einzigen Streit gab es zwischen Sonja und The Dude, obwohl sie beide bei sich geschworen hatten, nie zu streiten. Grund war, dass Sonja kein Handy wollte. The Dude sah das am Ende einer langen Diskussion ein, er reichte ihr die Hand wie ein guter Verlierer, und sie küsste sein ganzes Gesicht. Eine Gewohnheit, die er noch nie erlebt, von der er noch nie gehört oder gelesen hatte. Es war, als würde ihn ein Tier abschlecken. Etwas Einmaliges!

Eigentlich war es nur am Anfang eine Diskussion gewesen, bald hatte sie sich in einen Monolog von Sonja verwandelt.

»Du weißt, dass ich gerne und in vielem deine Meinung teile, wenn sie gut für mich ist und ich derselben Meinung bin. Aber die Geschichte mit dem Handy hängt an einem langen Faden, und der reicht bis in meine Kindheit zurück. Du weißt, meine Pflegeeltern waren beide Lehrer, streng in ihrer politischen Meinung, die ersten Grünen. Sie behandelten mich anständig, gaben mir aber keine Zärtlichkeiten, denn ich war schließlich nicht ihr leibliches Kind, da graust es einen leicht, das ist einzusehen. Natur ist schließlich Natur, besonders für einen Grünen. Als die grüne Frau merkte, dass ich mich gut entwickle und bald schöner war als die meisten, als alle miteinander, distanzierte sie sich von mir. Sie wollte nicht, dass ich mich schminke. Aber ich schminkte mich gar nicht, ich sah einfach geschminkt aus. Das glaubte sie mir aber nicht, und so rannte sie mir oft mit einem nassen Fetzen nach und fuhr damit über mein Gesicht. Der Fetzen war aber nicht voll Schminke. Ihr grüner Mann mischte sich nicht ein, erst als ich ihn bat, ob er mir ein Handy kauft, ich war dreizehn, und alle hatten ein Handy, setzte er sich zu mir aufs Bett und erzählte mir vom Elektromüll. Es würde ja nicht bei einem Handy bleiben, nächstes Jahr würde ich ein neues wollen. Der Müll landet in den Entwicklungsländern, meistens in Ghana. Er zeigte mir Ghana auf der Landkarte. Mit dem Elektroschrott wird viel Geld verdient. Feuer, Hammer und Zange und ein Säurebad braucht es, um den Geräten die wertvollen Stoffe zu entnehmen. Oft sind es Kinder, die diese Arbeit machen und sich vergiften. Sie sterben an Krebs. Das hat mir der Lehrer so eingeimpft, dass ich es nie mehr vergessen kann. Er hat mir Bilder von verseuchten Kindern gezeigt, Kindern, die auf Müllbergen stehen und herumwühlen. Ich könnte eines von ihnen sein, wenn sie mich nicht angenommen hätten, sagte er. Er hat ein ganzes Buch mit Bildern auf meinen Nachttisch gelegt und gesagt, ich soll mir das anschauen. Ich habe dann in der Nacht die Bilder angeschaut und mir geschworen, nein, ich will kein Handy, nie will ich ein Handy haben. Ich sagte: Aber nur, wenn wenigstens du mir glaubst, dass ich nicht geschminkt bin, sondern von selber so aussehe, wie ich aussehe. Da sagte er: Gut, dann glaube ich dir. In der Schule habe ich über den Elektroschrott erzählt, aber allen war ihr Handy wichtiger. Da hatte der Lehrer die Idee mit dem Video. Er hat einen Filmer engagiert und viel Geld ausgegeben. Ich stehe auf einem Felsvorsprung, auf den sie Moos gelegt haben, trage mein hellblaues Kleid, die weißen Socken und die weißen Sandalen. Ich halte ein Handy in die Höhe. Ich trage meine Haare offen und werfe sie wild um mich, gleichzeitig schleudere ich das Handy den Abhang hinunter. Als die Lehrerin das Video gesehen hat, war sie zornig. Sie sagte, das sehe nach Kindesmissbrauch aus, schon deshalb, weil ich so auffällig geschminkt bin. Das hat ihren grünen Mann sehr gekränkt. Sie ist nicht geschminkt!, hat er gebrüllt. Das ist Natur! Und sie hat zurückgebrüllt: Was verstehst du schon von Natur! Und er hat gebrüllt: Wenn ich dich anschaue, dann weiß ich zum Beispiel, dass die Natur sehr ungerecht sein kann! Dann sind sie einander in die Arme gefallen und haben geheult, und er hat gesagt, wenn sie es will, schickt er mich fort, und sie hat gesagt, das will sie doch gar nicht, sie liebt mich ja. Und ich bin danebengestanden. Das Video wurde in Schulen gezeigt, und ich war stolz. Der Schuldirektor aber hat mich zu sich gebeten und gefragt, ob ich etwas gegen den Lehrer vorzubringen hätte. Bist du unsittlich berührt worden?, fragte er mich. Ich sagte kein Wort, weil ich so zornig war, aber das deutete er als Zustimmung, und es gab Schwierigkeiten. Ich solle mich nicht so auffällig schminken, sagte der Direktor. Ich sagte: Himmel noch einmal, ich schminke mich doch gar nicht, ich bin so, echt so, das ist Natur! Da sagte der Direktor, was Natur ist und was nicht, das soll ich anderen überlassen. Die grüne Frau wollte mich von da an nicht mehr und der grüne Mann auch nicht. Das sei alles viel zu viel Stress für sie. Das Letzte, was die grüne Frau zu mir sagte, war, ich soll jetzt endlich zugeben, dass ich mich doch heimlich schminke. Und ich soll ihr sagen, was für eine Art Schminke das ist. Ich sagte, sie soll mich kreuzweise. Ich kam in eine Wohnung mit noch zwei minderjährigen Mädchen und einer erwachsenen Betreuungsperson. Daran erinnere ich mich nicht gern, und ich will auch nicht davon erzählen. Du weißt ja, wo das hingeführt hat.«

»Nein, das weiß ich nicht«, sagte The Dude. »Aber wohin auch immer es dich geführt hat, es hat dich zu mir geführt. Nur eines verstehe ich nicht.«

»Was verstehst du nicht?«

»Was das alles damit zu tun hat, dass du kein Handy haben willst.«

»Das verstehst du nicht?«

»Nein, Darling, das verstehe ich nicht. Aber der Mensch muss nicht alles verstehen. Ich liebe dich auch, wenn ich das eine oder andere nicht verstehe.«

»Ich will aber, dass du es verstehst. Ich hatte einen Auftritt in einem Film, verstehst du.«

»Das verstehe ich.«

»Das war mein einziger Auftritt in einem Film, verstehst du. Den Film kann sich jeder Arsch im Internet anschauen. Also stell dir vor, so ein Besserwisser geht auf der Straße, dam-da-dam-da-dam, so geht er, und plötzlich sieht er mich, wie ich ein Handy an der Backe habe und mit dir telefoniere, zum Beispiel.«

»Das ist genau der Grund, warum ich dafür bin, dass du ein Handy hast. Damit du mit mir telefonieren kannst und ich mit dir. Damit ich dich anrufen und dir sagen kann: Darling, ich liebe dich.«

»Das ist mir schon klar. Aber ich denke, damit könntest du warten, bis wir uns am Abend zum Beispiel sehen. Dann sagst du es mir ins Gesicht hinein und nicht in so ein Problemmüllteil hinein, verstehst du?«

»Jetzt verstehe ich dich«, sagte The Dude.

»Darum will ich kein Handy, versteht du das, mein Darling?«, sagte Sonja, und als The Dude wieder sagte, dass er das verstehe, schleckte sie sein Gesicht von oben bis unten ab, und er dachte: So etwas habe ich noch nie erlebt.

(27) Trick

Folgenden Trick hatte sich The Dude angeeignet: Mitten in einem Gespräch unterbricht er sich, mustert sein Gegenüber und fragt besorgt: »Stimmt etwas nicht?« Dabei sieht er ihn eindringlich an. Der andere sagt: »Wieso, was soll nicht stimmen?« The Dude sagt: »Was ist los? Ich spür doch, dass etwas nicht stimmt.« So ging der Trick. Er war immer gut damit gefahren.

Jeder schleppt etwas mit sich herum, was nicht stimmt. Mithilfe dieses Tricks erfährt einer Dinge, die er irgendwann brauchen kann. Und so hatte The Dude Dinge erfahren, die ihm gedient haben. Dinge, die den Baumeister betrafen.

Die beiden kannten einander seit der Schulzeit, waren nicht direkt befreundet, aber wenn sie einander trafen, ging sich ein Kaffee aus. Etwas stimmte mit dem Baumeister tatsächlich nicht, aber was, wusste The Dude lange nicht. Der Baumeister hatte ihn immer wieder angerufen, aber nichts erzählt, nur so um den heißen Brei herumgeredet, was irgendwie auch wieder passte. Denn der Baumeister hatte ein Gesicht, das nach eingedicktem Brei aussah, nach eingedicktem Griesbrei, um genau zu sein. Besorgt hatte der Baumeister geklungen, manchmal schier verzweifelt, und irgendwann war er herausgerückt.

Er hatte die Bauaufsicht über ein türkisches Lokal. Viel Geld war da, der Besitzer, ein Angebertürke erster Güte, war dem Baumeister unangenehm, körperlich und überhaupt. The Dude dachte, wahrscheinlich bist du dem Türken nicht weniger unangenehm, körperlich und überhaupt. Er sei fett, dieser Türke, und rieche nach Knoblauch, was zugegeben nach Klischee klinge, aber der Wahrheit entspreche. Und du, Mister Grießbrei, du bist nicht fett? Nach Knoblauch riechst du nicht, dachte The Dude, aber aus dem Mund riechst du wie einer, der nicht gelernt hat, sich die Zähne richtig zu putzen. Wozu auch die Hohlräume unter den Brücken gehören, für die man ein feineres Gerät benötigt als eine ordinäre Zahnbürste, was ein Meister für Hochbau halt nicht weiß und was zugegeben nach Klischee klingt.

The Dude jedenfalls versprach, sich den Türken einmal genauer anzusehen. Der Türke tat vornehm, war überheblich, es gab nichts Gutes über ihn zu berichten. Aber das Lokal, das er betrieb, war wirklich ein Mordsding und sollte noch größer werden, eine Disko mit Kino, Tankstelle und Supermarkt und, als Zuckerl obendrauf, eine »geile Besonderheit«, wie Baumeister und Türke unabhängig voneinander urteilten, nämlich eine Manufaktur, in der T-Shirts bedruckt wurden, und zwar innerhalb von zehn Minuten. Ein Beispiel: Joe verliebt sich in Sue, traut sich aber nicht, es ihr zu sagen, also schreibt er, wenn er schreiben kann, oder lässt schreiben, auf irgendeinen beliebigen Zettel: *Joe liebt Sue*, und den Zettel gibt er bei Kardelen ab, das ist die Tochter des Türken, die für die T-Shirts zuständig ist; dann geht er aufs Klo, und wenn er zurückkommt, ist sein Spruch erstens groß, zweitens hinten und vorne auf das Leiberl gedruckt, und so kann er sich bequem unter die Leute mischen, und Sue kann lesen, wie es um sein Herz steht.

The Dude war der Meinung, bei dem Auftrag war tatsächlich einiges zu verdienen – und nicht nur für den Türken. Der Auftrag hatte sich nämlich zu einer problematischen Angelegenheit entwickelt, in die The Dude nun einmal verwickelt war, allein aufgrund der Tatsache, dass er davon wusste. Die Sache war nämlich die: Der Türke war sehr, sehr geizig, er verhandelte bei jeder Rechnung und zahlte am liebsten bar und fragte oft, ob eine Rechnung überhaupt nötig sei. Der Baumeister hatte also bei sich gedacht, der schwindelt sich am Finanzamt vorbei, der ist ein Schlitzohr. Das Handicap eines Schlitzohrs besteht darin, dass er sich gegen die Schlitzohrigkeit anderer mit konventionellen Mitteln nur schwer wehren kann. Irgendwann jedenfalls, das eben beichtete der Baumeister The Dude, irgendwann sei er zufällig allein im Büro des Türken gewesen, wie es dazu kam, sei unerheblich, und da war der Safe und darunter auf einem Zettel die Zahlenkombination, es sah so aus, als hätte der Türke nur für eine Minute seinen Platz verlassen …

»Ach was«, sagte der Baumeister, »scheiß der Hund drauf, dich brauch ich ja nicht anzulügen. Natürlich ist unter dem Safe kein Zettel gelegen, aber ich hab herausgekriegt, wann dem Baumeister seine Tochter, die Kardelen, wann die Geburtstag hat. Ein alter Schmäh ist das, hat funktioniert. Das Geburtsdatum war der Code.«

»Schlaumeier«, sagte The Dude.

Der Baumeister jedenfalls schaute in allen Räumen nach, da war niemand. Er öffnete den Safe und fand sehr viel Geld, Schwarzgeld, wie er dachte, wirklich sehr viel Geld, und er nahm es einfach mit. Der Türke aber hatte eine Videoüberwachung in seinem Büro, daran hatte der Baumeister nicht gedacht, und noch am selben Tag besuchte der Türke den Baumeister zu Hause, allein und in friedlicher Absicht.

»Wenn du das Geld hergibst«, sagte er, »mach ich nichts. Ich will keine Unannehmlichkeiten. Der Auftrag für dich ist weg, aber sonst ist nichts.«

Der Baumeister grinste und sagte: »So? So? Und wenn ich dein Schwarzgeld nicht herausgebe, was dann?«

»Wieso Schwarzgeld?«, fragte der Türke, und da sei ihm, wie der Baumeister sagte, die Muffe gegangen.

Jedenfalls, der Türke erstattete Anzeige, und obwohl es schwer zu glauben war, hatte er Belege für das Geld, für jeden Cent, alles legal, irgendwie hatte er das hingekriegt.

»Oder er ist ehrlich«, sagte The Dude.

»Das Gute ist«, sagte der Baumeister, »dass man mich auf dem Video nicht erkennt.«

»Und wie hat dich der Türke erkannt?«

»Er hat mich auch nicht erkannt.«

»Und ist trotzdem gleich zu dir?«

»Ja, komisch.«

Jedenfalls brauchte der Baumeister ein Alibi. Er bat The Dude um ein Gespräch bei sich in der Dachwohnung. Die war richtig hübsch, diese Wohnung, und The Dude dachte, das wäre etwas für mich und meine zukünftige Familie, und das sagte er dann auch. Der Baumeister sagte, er könne die Wohnung haben, um ganz wenig Miete und eine Zeitlang sogar umsonst, wenn er ihm den Gefallen tun wolle. Das Alibi eben.

»Ein Jahr umsonst«, sagte The Dude, »ab dann unbefristet für einen symbolischen Betrag.«

Der Baumeister setzte einen Vertrag auf und unterschrieb. The Dude sah in Gedanken Sonja auf dem nachtblauen Sofa liegen und unterschrieb ebenfalls und sagte bei der Polizei aus, dass der Baumeister am nämlichen Tag zusammen mit ihm in Graz gewesen sei, und zwar bei einem Eishockeymatch. The Dude konnte zwei Karten vorweisen – er war in Wahrheit mit dem Glatzkopf dort gewesen, und der war eingeweiht.

»Mindestens zehn Leute haben uns gesehen und mit uns gesprochen«, sagte er. Er wusste: Wenn er auftrat, schaute niemand auf seine Begleitung – außer sie hieß Sonja.

So zog Sonja mit The Dude in die schöne Dachwohnung. Sie kaufte Blühpflanzen für den Balkon, und der Glatzkopf steckte Hanfsamen in die Erde. Auch für ihn gab es ein Zimmerchen. Und für Vev ein besonders schönes mit besonders schöner Aussicht, sogar die Spitze des Stephansdoms konnte sie sehen.

Sonja putzte und wischte, und als The Dude das sah, gefiel es ihm nicht. Er engagierte eine Putzfrau, die zweimal in der Woche sauber machte. Was sollte Sonja den ganzen Tag tun? Sie vertiefte sich in die italienische Küche, das war alles einfach nachzukochen. Bald schon schrieb sie Einkaufslisten für den Markt und kochte mit den frischen Zutaten. Was sie noch lernen musste, war das richtige Maß. The Dude aß zwar reichlich, trotzdem blieb immer viel übrig. Weg damit!

Einmal träumte Sonja von der Natur, von Sträuchern und wilden Blumen, eigentlich einem Dschungel ohne Tiere. Der Tag begann so ruhig, als wäre sie tot. Neben ihre Kaffeetasse legte sie ein Blatt und zeichnete, was ihr noch von dem Traum in Erinnerung war. Sie fand Buntstifte, strichlierte, spitzte die Farben an und verrieb den Farbstaub auf dem Blatt. Es muss doch alles irgendwie zusammenhängen im Leben, dachte sie.

Als sie am Abend The Dude davon erzählte, sagte er voll Bewunderung: »Ich hab's gut mit dir getroffen.«

»Und ich mit dir«, sagte sie.

»Würdest du mir bitte noch einmal das Gesicht ablecken?«, fragte er. Und sie tat es.

(28) Unsere Zukunft

The Dude hatte sich das Gespräch mit Sonja schon in der Nacht durchgedacht, Satz für Satz. Sie sollte sich der Wichtigkeit bewusst werden. Dann sah er sie verträumt am Frühstückstisch sitzen, Buntstifte in der Hand wie ein Schulkind, den Kopf über ein Blatt gebeugt, auf das sie in zarten Strichen eine Wiese malte. Die Küche des Baumeisters war größer als ihre vorherige Wohnung. Zwei Kanapees standen hier, im rechten Winkel zueinander. Das war gemütlich. Auf beiden hatten sie schon Sex gehabt. Sonja fand das eine besser, The Dude das andere. Das war für sie beide in Ordnung.

Er trat hinter sie, massierte ihren Nacken und fragte, ob sie Zeit für ihn habe. Sie deckte mit beiden Händen die Zeichnung ab.

»Zeit wofür?«, fragte sie, und er, immer noch hinter ihr, sagte: »Zeit für ein wichtiges Gespräch.«

»Worüber?«

»Unsere Zukunft.«

»Die ist doch schon da.«

»Es gibt immer noch eine.«

»Immer noch eine und noch eine und noch eine? Und wie lange das Ganze?«

»Vielleicht bis man sechzig ist oder siebzig, ich weiß nicht. Weißt du es?«

»Nein.«

Sie wirkte abwesend, und er glaubte, dass dies vielleicht nicht der richtige Zeitpunkt sei. »Hast du Zeit für so ein Gespräch?«

Sie malte wieder, wehrte aber mit der linken Hand seinen Blick ab. »Sicher.«

»Wann?«, fragte er. »Drei Stunden musst du schon einrechnen.«

Ohne nachzudenken, sagte sie: »Übermorgen.«

»Übermorgen. Gut. Und wann?«

»Neunzehn Uhr?«, sagte sie im Frageton.

Es war ihr unheimlich. Könnte es sein, dass The Dude sie loswerden wollte, weil sie die Tage vertrödelte und deshalb kein Recht hatte, auf der Welt zu sein? Sie vertrödelte die Tage ja gar nicht. Sie leistete Gewöhnungsarbeit. Wenn sie allein war, verbrachte sie Stunde für Stunde in einem anderen Winkel der Wohnung. Sie zog im Wohnzimmer, das viel zu groß war für das Wort, die Vorhänge zu und ging auf und ab und brummelte vor sich hin: »Also, wenn das meine Wohnung wär, dann würde ich … dann täte ich … dann würde ich … dann täte ich …« Mit dem Wohnzimmer war sie noch nicht ganz fertig. Sie kaufte beim Kiosk neben der U-Bahn-Station einen Stapel Zeitschriften, die blätterte sie zu Hause durch, schnitt Bilder heraus, die ihr gefielen. Dann schickte sie den Glatzkopf mit genauen Anweisungen weg, damit er Bilderrahmen kaufe. Noch hatte sie sich nicht getraut, The Dude zu fragen, ob er Fotos von sich habe, wo er klein war. Wenn sie zu sich sagte, sie traue sich nicht, dann bezog sie das nicht auf The Dude, sondern auf sich selbst. Da wusste sie schon, dass sich The Dude über diese Frage freuen würde. Sie traute sich auch nicht, Fotos von sich selbst oder von Vev an die Wand zu hängen.

»Also dann«, sagte The Dude, »übermorgen, neunzehn Uhr.«

Sie zog die Stirn in Falten, mied seinen Blick. Er hob sie vom Sessel hoch und nahm sie in den Arm, ihre Beine hingen an seiner Seite herunter. Die Pyjamahose war über eine Pobacke gerutscht.

»Gleich ziehe ich mich an«, sagte sie schuldbewusst. »Ich habe heute schon drei Hemden gebügelt.«

»Also dann«, wiederholte er und stellte sie auf den Fußboden, »übermorgen, neunzehn Uhr.«

Er zog sich den Jogginganzug und die Joggingschuhe an und verabschiedete sich. Seit zwei Wochen joggte er und übte mit Hanteln, das machte ihr schlechtes Gewissen nicht besser. Und, überlegte sie, wieso duscht er sich vor dem Joggen, wäre es nachher nicht vernünftiger? Aber The Dude duschte sich auch nach dem Joggen. Sonja hatte wenig Kraft und war nie besonders beweglich gewesen. Sollte sich ihr Leben in diese Richtung verändern? Zweimal duschen in einer Stunde? Und dann feine Sachen anziehen, auch wenn man mit sich allein war? Es gab allerdings einige Spiegel. Vierundvierzig Bilder hingen bereits an den Wänden. Darauf zu sehen waren unter anderem: Brad Bitt und Angelina Jolie, Jesus mit rotem Herz mit Strahlen, ein Sonnenuntergang im Monument Valley, ein Szenenfoto aus *Thelma & Louise*, ein Szenenfoto aus *Pulp Fiction* mit Uma Thurman und John Travolta, eine alte Indianerfrau mit einem Zylinder auf dem Kopf. Sie hatte die Bilder eng nebeneinander aufgehängt. Nach ihrer Schätzung würden auf diese Art etwa fünfhundert bis sechshundert Bilder in die Wohnung passen.

Sonja hatte ihre Tochter schon sechs Wochen nicht mehr gesehen. Vev war wegen einer Blinddarmoperation im Krankenhaus gewesen, und Milan hatte ihr nichts davon erzählt. Sie hatte ihn am Telefon angeschrien, und Milan hatte zurückgeschrien, dass diese Treffen sowieso aufhören müssten, es sei für Vev eine Zumutung, in diesem Müllhaufen zu übernachten, den sie, Sonja, eine Wohnung nenne. Außerdem sei Vev schlecht in der Schule und er müsse mit ihr lernen. Und das sei der Mutter ja wohl nicht zuzumuten und auch nicht zuzutrauen. Vev kannte die neue Wohnung noch nicht, Sonja hatte noch niemandem davon erzählt. Sie rechnete immer noch damit, aus ihrem Traum aufzuwachen. »Das ist alles Gewohnheit«, hatte The Dude gesagt. Allmählich spürte sie, dass er recht hatte.

Sie sah sich ihre Zeichnung an, sie hatte sie aus einem Buch über Monet nachgemalt, aber das wollte sie geheim halten. Bald wollte sie Menschen zeichnen. Im Regal stand ein Buch über Chagall. Diese Zeichnungen wirkten kindlich auf sie, so als ob sie eine Anleitung wären, eine Anleitung, die an sie persönlich gerichtet war: Schau her, Sonja, so mach es, das ist dir zuzutrauen und zuzumuten.

Sie räumte die Malsachen weg und stellte sich unter die Dusche. Es war Oktober, draußen war es kalt. Morgen könnte sie Fenster putzen. Es war überflüssig, eine Putzfrau zu haben. Sie schaltete den Heizofen an und kämmte sich die nassen Haare. Andererseits war die Tatsache, dass eine Putzfrau für Ordnung sorgte, ein verlässliches Gefühl, das sie, die Nichtstuerin, aufwertete. Ein Gedicht aus der Schule fiel ihr ein, das sie immer noch auswendig konnte, von Anfang bis zum Schluss, sie sagte es vor sich hin: »War einst ein Knecht

einer Witwe Sohn, der hatte sich schwer vergangen … «
Sie hatte das Gedicht in der Schule vorgetragen und war gelobt worden.

Sollte sie lesen? Durch das viele Filmeschauen hatte sie sich das Lesen abgewöhnt. Sie erinnerte sich nicht mehr, wann sie das letzte Buch gelesen hatte. Wenn sie zu The Dude sagte, dieser oder jener Film kommt heute im Fernsehen, der ist gut, den kenne ich, dann wollte er ihn erzählt bekommen, und das konnte sie – manchmal spielte sie ihm Szenen vor, eine Comicfigur, dabei verstellte sie ihre Stimme, und The Dude war hingerissen.

»Du bist ein Talent!«, rief er aus. »Weißt du das eigentlich?«

Sie, schüchtern: »Das traue ich mich nur vor dir.«

Er: »Auch das ist eine Frage der Gewöhnung. Außerdem ist es mir lieber, wenn du nur für mich spielst.«

War sie dann wieder allein, fragte sie sich, ob es günstig sei, sich so sehr an ihn zu binden. Sie wollte darauf achten, viel Freiheit zu haben. Freiheit hieß, nur zu tun, was sie wollte. Aber sie musste sich anstrengen, wollte sie herausfinden, was sie wollte. Und wenn es wirklich etwas gibt, das ich wirklich will? Bin ich dann nicht abhängig von dem, was ich will, dachte sie. Sie hatte guten Grund, das zu denken. Alle Süchtigen sagen, das will ich. Es gibt niemanden, der besser weiß, was er will, als ein Süchtiger.

Weiß der Teufel, sagte sie sich und probierte neue Schuhe.

(29) Einiges über Namen

Bereits drei Wochen war es her, dass Vev bei der Trafikantin den Hund abgegeben hatte.

Ein Name kommt doch nicht zufällig in die Welt. Dann wäre alles zufällig. Der Name erst sagt, ob man gewollt ist. Was keinen Namen hat, ist nicht gewollt. Nur was einen Namen hat, ist gewollt. Ich heiße Maria, ein Name, wie er höher nicht geht, und nicht einmal meine Mutter und mein Vater haben mich so genannt. Das war an manchen Tagen eine große Sorge der Trafikantin. An Tagen nämlich, an denen gerade noch eines fehlte, um sie todtraurig sein zu lassen, und dieses eine war dann ihr Name und wie die ganze Welt ihn ignorierte und immer ignoriert hatte. Zu Hause war sie Ria genannt worden, in der Schule Mary, Mary hatte schließlich gesiegt. Eines Tages war ihr Vater zur Sprechstunde gekommen, da hatte der Lehrer gesagt: »Ah, Sie kommen wegen der Mary«, und weil der Vater einer war, der vor allem und jedem den Buckel machte, hatte er geantwortet: »Ja, wegen der Mary.« Von da an war sie auch zu Hause die Mary gewesen, man wollte im Haus tun, wie man außer Haus tat. Der erste Bursche, mit dem sie im Bett war, sie fünfzehn, er siebzehn, fragte: »Wie heißt du«, sie sagte, »Maria heiße ich.« Aber er hielt sich nicht daran und nannte sie Mizzi, sicher, weil er ihr etwas Liebes tun wollte, etwas, das nur ihnen beiden gehörte, und weil sie in ihn verliebt war, mochte sie das gern. Aber dann war er weg, und die Mizzi blieb an ihr hängen, und alle außer ihren Eltern nannten sie von nun an Mizzi. Eines Tages fuhr sie mit ihrer Freundin hinten auf dem Moped mit. In einer Kurve rutschten sie auf einem Ölfleck aus, und sie brach sich einen Wirbel und musste ins Spital, und der Vater ihrer Freundin klingelte bei ihr zu Hause und sagte: »Die Mizzi ist im Spital«, und weil ihre Eltern so eine Angst hatten, dass sie sich nicht zu rühren trauten und auch nicht zu widersprechen, sagten sie nur: »Aber sie lebt doch noch, unsere Mizzi?«, und von da an hieß sie auch zu Hause Mizzi und hieß Mizzi bis heute. Über ihren Laden hatte sie ein Schild anbringen lassen, auf dem stand: *Mizzi's Trafik.* Das war nicht ihre Idee gewesen, sondern die ihres Schwagers, der hatte auch zu dem Apostroph geraten.

Mit Milan war es ihr nun schon zum zweiten Mal passiert, dass einer zwischen ihren Schenkeln gelegen hatte, bevor er fragte, wie sie heiße. Sie hätte sagen sollen: Maria. Aber sie sagte: »Mizzi. Wie es auf der Trafik steht. Und du?«

Dass seine Tochter Vev hieß, das wusste sie aus den Gesprächen der beiden. Milan sagte keinen Satz, ohne dass er ihren Namen anhängte. Aber wofür Vev stand, das wusste sie nicht. Sie tippte auf Veronika.

»Wann kommt deine Tochter und holt ihren Hund?«, hatte sie gefragt, als sie aus dem Bett aufstanden und ihre Kleider auseinandersortierten.

»Hat sie ihn noch nicht geholt?«

»Nein.«

»Morgen holt sie ihn.«

»Kannst nicht du ihn mitnehmen? Jetzt. Ich weiß nicht, was ich mit dem Hund über Nacht machen soll.«

»Nein, Mizzi, das kann ich nicht«, hatte sie Milan unterbrochen. »Das wäre grundfalsch, vom pädagogischen Gesichtspunkt aus wäre das grundfalsch. Vev muss lernen, sich um ihre Sachen zu kümmern. Es wird in ihrem Leben nicht immer der Papa da sein und ihr die Steine aus dem Weg räumen und ihr die Schokolade in den Mund stopfen.«

»Aber was geht mich das an?«, hatte sie sich empört. »Ich will den Hund nicht, das ist alles. Ich habe mich bereit erklärt, einen Nachmittag auf ihn aufzupassen. Das ist alles. Ich bin nicht dazu da, deiner Tochter etwas beizubringen.«

»Das weiß ich«, hatte Milan gesagt und genickt und bei geschlossenen Augen eine lange Pause gemacht, die mit Nicken ausgefüllt war. »Das weiß ich alles, Mizzi. Aber als Vater, verstehst du, als Vater muss ich hart sein und hart bleiben.«

Da hatte sie nichts mehr gesagt, und der Hund war über Nacht bei ihr geblieben. Sie hatte die Tür zu ihrem Schlafzimmer zugemacht, aber als er draußen jaulte und bellte, ließ sie ihn herein. Er legte sich neben ihr Bett.

Am nächsten Tag war das Mädchen, das Vev hieß, nicht gekommen, um ihr Tier zu holen. Aber ihr Vater war gekommen. Am Abend. Als Letzter, bevor sie die Trafik schloss. Sie waren zusammen zu ihr nach Hause gegangen. Sie hielt den Hund an der Leine, als wären sie beide die ihren, der Hund und der Mann. Und waren durch das Stiegenhaus zu ihrer Wohnung in den zweiten Stock hinaufspaziert. Von Absatz zu Absatz waren sie ein bisschen näher aneinandergerückt, und der Hund war vorausgelaufen. Wenn einer Nemo heißt, dann bleibt ihm nichts anderes übrig, als anhänglich zu sein. Ein Niemand wird ein Jemand, wenn er bei jemandem ist. Sie nahm sich vor, den Hund Jemand zu nennen. Falls er ihr bliebe. Rückblickend sagte sie sich: Ja, damals bereits habe ich mir gewünscht, er würde mir gehören. Deshalb erwähnte sie den Hund nicht mehr, als Milan wieder zwischen ihre Schenkel kroch.

Noch vier- oder fünfmal kam er und dann nicht mehr. Vev hatte sich nie mehr blicken lassen. Der Hund blieb.

Sie kannte Milans Adresse nicht und auch nicht seine Handynummer. Die Trafikantin fühlte sich ausgenützt. Wäre er irgendwann aus ihrem Bett aufgestanden, dieser Mann, der sich vor ihr aufspielte, als wäre er der erste Vater der Weltgeschichte, der seine Sache richtig machte, hätte sich vor sie hingestellt und gesagt, liebe Mizzi, es war schön mit dir, lustig und gut im Bett, aber ich kann dich nicht mehr besuchen, weil blablabla, dann wäre das bitter gewesen, ohne Frage, aber sie wäre jemand gewesen, so war sie niemand.

Zum Hund sagte sie: »Du bist Jemand, ich bin niemand.«

Da bellte er, er hatte verstanden. Und sie weinte in ihre Hände hinein.

Sie fühlte sich ausgenützt. Und das war etwas, was sie nicht ertragen konnte. Sie hatte den Hund lieb, er aß den Schinken aus ihren Semmeln und tat so, als würde er sie beschützen. Auf der Straße ging er dicht neben ihr, ruckte nervös mit dem Kopf, checkte die Gegend ab. Kam Kundschaft in die Trafik, hob er seinen Kopf, blickte auf den Mann oder die Frau, dann auf seine Herrin, ob auch alles in Ordnung sei. Ein guter Hund. Gern hätte sie ihn getestet, hätte gern gesagt: »Fass!«, zum Beispiel bei Herrn Koren mit dem rot gescheuerten Mund und seinen unsäglich blöden Bemerkungen. Aber sie traute sich nicht. Sie wusste ja nichts über den Hund. Womöglich war er scharf abgerichtet und hätte den Herrn Koren zerfleischt. Er akzeptierte sie als Herrin. Das Samtkissen, auf dem er schlief, lag unter dem Ladentisch. Sie saß nämlich, wenn sie allein war. Sie konnte nicht lange stehen seit ihrem Unfall. Sie streifte sich die Schuhe ab und stellte ihre müden Füße zu den Pfoten ihres Hundes. Ob ich will oder nicht, dachte sie, er ist mein Hund. Sie vermied es, ihm einen Namen zu geben. Ein Niemand war er nicht mehr. Und würde sie ihn Jemand rufen, dann wäre sie das Gegenteil. Schon bei dem Gedanken stiegen ihr wieder die Tränen in die Augen. Sie nahm sich vor, alle ihre Freunde und Verwandten zu bitten, sie von nun an Maria zu nennen. Und das Schild über der Trafik wollte sie auch ändern: einfach nur *Trafik*. Sie hatte sich ausgedacht, was sie Milan sagen würde, wenn er wiederkäme, auch was sie Vev sagen würde. Sie hatte sich zwei Schimpfreden zurechtgelegt. Aber als Erstes würde sie sagen: »Ich heiße Maria!«

Nach Geschäftsschluss ging sie zu Fuß nach Hause. Sie wollte den Hund nicht in die U-Bahn mitnehmen. Könnte sein, er blieb mit seinen Pfoten in der Rolltreppe hängen, was dann? Oder dass ihn die vielen Leute aggressiv machten. Eine halbe Stunde zu Fuß, das tat ihnen gut, ihr und ihrem Hund. Ein wenig war sie immer noch in Milan verliebt. Wenn er käme, würden sie zuerst ins Bett gehen, und dann erst würde sie ihm die Leviten lesen. An Vev dachte sie inzwischen kaum noch.

(30) Der Zorn der Trafikantin

Gerade an dem Tag, als Milan und Vev nach drei Wochen wieder *Mizzi's Trafik* betraten, wurde die Trafikantin von einer jungen Frau bestohlen. Die hatte vier Stangen Marlboro aus dem Regal genommen, so selbstverständlich, als wäre sie hier angestellt, und war mit den Zigaretten verschwunden, so schnell, dass die Trafikantin nicht reagieren konnte. Sie hatte die Polizei angerufen, was natürlich sinnlos war.

»Wegen vier Stangen Marlboro rufen Sie an?«, sagte der Beamte am Telefon mit Gift in der Stimme. »Was denken Sie, was wir jetzt tun? Ein Sonderkommando, ausschwärmen, Zigarettenkontrolle, oder was?«

In diesem Moment kamen Milan und Vev hereinspaziert. Die Trafikantin legte ihr Handy auf den Ladentisch, ohne die Verbindung zu unterbrechen. Der Polizist sollte hören, wozu ein Mensch wie sie fähig war.

»So«, sagte sie. »So, da schau an! Der Herr Sowieso mit seiner Tochter, das Fräulein Sowieso mit ihrem Herrn Vater. Hat da irgendjemand irgendetwas vergessen? Oder kommen die Herrschaften, um zu kontrollieren, wie es dem Lebewesen geht, das nicht einmal wert ist, dass man ihm einen Namen ... « Sie kam aus dem Satz nicht mehr heraus und brach ab. Und holte neu Luft. »Ist ein Hund ein ausgestopftes Tier, das man von einer Werbeagentur geschenkt kriegt? Oder etwas, das man einfach entsorgt? Und ist ein Mensch wie ich ein ausgestopfter Mensch ...« Und schon war ihre Rede zu Ende. Der Hund stellte sich neben sie, und die Tränen flossen.

Milan sagte: »Vev, warte hier! Sag nichts, bis ich wiederkomme! Rühr dich nicht vom Fleck! Tu einmal, was dir dein Vater befiehlt.«

Und war draußen zur Tür.

»Was ist das jetzt?«, fragte die Trafikantin.

Vev zuckte mit der Schulter.

»Willst du jetzt wirklich nichts mit mir reden?«

Vev schüttelte den Kopf.

»Bist du sein Affe?«

Vev nickte.

»Das stimmt nicht, was?«

Vev lächelte ein klein wenig und schüttelte den Kopf. »Es tut mir leid«, sagte sie. »Ich habe den Hund nicht vergessen. Das heißt, am ersten Tag habe ich ihn schon vergessen, da war so viel los und so, und dann habe ich mich nicht mehr getraut zu kommen.«

»Und warum bist du jetzt gekommen, nach drei Wochen? Jetzt traust du dich?«

»Weil die Freundin von meinem Vater gesagt hat, ich soll mitgehen, wenn mein Vater zu Ihnen in die Trafik geht.«

»Und warum? Hat sie Angst, er fängt wieder zu rauchen an?«

Vev schwieg.

»Soll ich sagen, warum?«

Vev schüttelte den Kopf.

So standen sie da und schwiegen, alle drei, die Trafikantin, Vev und der Hund. Und ließen einander nicht aus den Augen.

»Tut es dir wirklich leid?«, fragte die Trafikantin.

Vev nickte.

»Dann ist es gut. Ich bin dir nicht mehr böse.«

»Und mein Hund?«, fragte Vev.

»Den behalte ich. Der ist jetzt meiner.«

»Aber er gehört Ihnen nicht.«

»Was lebendig ist, gehört dem, der sich darum kümmert.«

»Das steht nirgends geschrieben.«

»Dann zeig mich doch bei der Polizei an!« Ihr fiel ein, dass ihr Handy immer noch eingeschaltet war. Sie blickte auf das Display. Der Beamte am anderen Ende der Leitung hatte nicht aufgelegt. Sie unterbrach die Verbindung.

»Ich will den Hund behalten«, sagte sie. »Du kannst doch ohnehin nichts mit ihm anfangen. Dein Vater will ihn nicht, die Freundin von deinem Vater sicher auch nicht. Wir können es so machen: Er gehört mir, und du kannst ihn jederzeit ausleihen. Aber über Nacht bleibt er bei mir, auf alle Fälle. Ich fürchte mich in der Nacht allein in der Wohnung.«

Milan war auf die Straße gerannt. Zuerst wollte er einfach weiterrennen, bis er nicht mehr konnte, und dann gehen, immer in die eine Richtung, weg von hier. Sogar an ein neues Leben hatte er gedacht. »Das war der Auslöser, warum ich damals ausgewandert bin.« Er sah sich mit amerikanischen Freunden in einer amerikanischen Bar sitzen, irgendwann, zwanzig Jahre später, ein glücklicher Mensch allein, der Rückschau hält auf sein Leben. Er überquerte die Straße und kaufte auf dem Markt Rosen, von den roten, nicht die langstieligen, die kurzen, die waren günstiger, die mit den geschlossenen Köpfen sogar noch günstiger, auf jeden Fall eine ungerade Anzahl, dachte er, drei sind zu wenig.

»Fünf Stück von denen da.«

Die würden länger halten, also länger an ihn erinnern. Außerdem verströmten sie ein bisschen Duft.

Als er wieder zurückgekehrt war, überreichte Milan der Trafikantin die Blumen. Er war froh über die Lösung, die die beiden getroffen hatten. Vev schlich sich davon, auch darüber war er froh.

»Mizzi«, sagte er, als sie allein waren, »lass uns Frieden schließen.«

»Ich heiße Maria«, sagte sie. Sie stand vor ihm, ihr Busen berührte seinen Bauch. Er griff ihr in die Bluse. Ihre Haut ist mir vertraut, dachte er und wiederholte den Satz – »Deine Haut ist mir vertraut« –, und für eine Sekunde hielt er sich für einen Poeten, einen Naturpoeten, dem sich die Worte ganz von selber reimten. Dann aber fiel ihm ein, was seine Mutter einmal zu einer Freundin gesagt hatte, damals war er noch in der Schule gewesen, er hatte die beiden belauscht: »Mein Sohn hat einen Zug zum Größenwahn, was leider bedeutet, dass er nicht der Hellste ist.«

»Hast du nicht ein Schild, das du an die Tür hängen kannst?«, fragte er.

»Was für ein Schild denn?«

»Zum Beispiel: *Wegen Inventur geschlossen.*«

Sie gab ihm ein Blatt Papier und einen Filzstift, er schrieb in Blockbuchstaben. Das Blatt klebten sie innen auf die Glastür. Dann gingen sie schnellen Schrittes zu ihr. Der Hund lief ihnen voraus.

Am nächsten Tag war Deutschschularbeit. Das Thema lautete: *Probleme.*

Vev schrieb:

Das Problem mit dem Hund.

Eigentlich ist der Mensch das Problem und nicht der Hund. Nämlich der Mensch will den Hund nicht, das ist sein Problem. Einmal hatte ich einen Hund. Gerade drei Stunden lang gehörte er mir. Da sagte mein Vater, dass er den Hund nicht will, und die Stiefmutter sagte, dass im Haus Hunde eigentlich verboten sind. Sie ist eigentlich nicht meine Stiefmutter, aber sie will es gerne. Da beschloss ich, mit dem Hund wegzugehen. Ich nahm eine große Wurst aus dem Eisschrank als Proviant für den Hund mit und für mich ein weiches Zopfbrot. Zum Glück war Sommer. Wir gingen zum Hauptbahnhof und stiegen in einen Zug. Niemand fragte mich nach der Fahrkarte. Einmal kam ein Schaffner, da stiegen wir aus. Die Stadt kannte ich. Sie hieß Linz. Wir setzten uns auf eine Bank und aßen. Ich aß mein Zopfbrot, der Hund aß seine Wurst. Es gab aus einem Brunnen Wasser. Da kam ein Polizist und fragte mich nach meinem Namen. Ich sagte einen falschen Namen. Der Polizist glaubte mir nicht. Er nahm mich mit, und den Hund band er an der Bank fest. Ich sagte, der Hund gehört mir. Das war dem Polizisten egal. Er wusste meinen richtigen Namen, und mein Vater holte mich bei der Wache ab. Den Hund habe ich nie mehr gesehen. Das finde ich so traurig. Ich weiß nicht, ob er noch lebt.

Vev bekam eine schlechte Note, mit dem Zusatz: »Thema verfehlt.«

Die Lehrerin sagte zu ihr: »Mir wäre recht, wenn dein Vater in die Schule käme, ich möchte gern mit ihm reden. Nichts Schlimmes. Im Gegenteil. Kannst du es ihm bitte sagen?«

(31) Milans Nächte

»Ich kann nicht schlafen«, sagte Milan zum Arzt. »Die Schlaflosigkeit zehrt an meinen Nerven.«

»Welchen Spiegel haben Sie zerbrochen?«, fragte der Arzt.

Milan sah ihn irritiert an. »Ich verstehe nicht, was Sie meinen?«

»Es ist nur eine Redensart«, sagte der Arzt.

Milan war auf der Straße an einem Schild vorbeigekommen, auf dem stand: *Dr. Edmund Strasser, praktischer Arzt.* Ohne Absicht hatte er die Praxis betreten, hatte der Sprechstundenhilfe seine Versicherungskarte vorgelegt und sich im Warteraum hingesetzt. Er hatte in alten Geo-Heften geblättert, und nach eineinhalb Stunden war sein Name aufgerufen worden. Schade, hatte er sich gedacht, jetzt ist der schöne Nachmittag gleich vorbei.

»Aber was bedeutet die Redensart?«, fragte er.

»Es war nur so dahergeredet«, wand sich der Arzt. »Wenn Sie sich untersuchen lassen wollen, gebe ich Ihnen eine Überweisung für einen Internisten. Aber glauben Sie mir, Ihnen fehlt nichts.«

»Aber die Redensart«, insistierte Milan, »die muss doch etwas bedeuten. Oder haben Sie die im Augenblick erfunden?«

»Hat nichts zu bedeuten, glauben Sie mir. Überhaupt nichts. Ich bin müde, und da redet der Mensch gern Unsinn, das ist alles.«

»Das glaube ich nicht.« Milan stand mitten im

Raum vor dem leeren Schreibtisch, Oberkörper entblößt, das Hemd hielt er in Händen, machte aber keine Anstalten, es anzuziehen. »Ich glaube, Sie sind über meinen wahren Zustand erschrocken und wollen nicht direkt sagen, was mit mir los ist, deshalb haben Sie eine Redensart verwendet.«

»Nein, so ist es nicht. Um Himmels willen, nein! Was denken Sie, wie oft ich Menschen direkt sagen muss, was mit ihnen los ist. Mit Ihnen ist nichts los. Es tut mir leid, auch ein Arzt redet manchmal Blödsinn. Ich kann Ihnen ein Schlafmittel verschreiben, wenn Sie wollen. Sie sind ein erwachsener Mann, ich verschreibe Ihnen auch ein starkes Mittel, wenn Sie wollen. Sie können Verantwortung tragen.«

»Ich kann Verantwortung tragen, ja«, sagte Milan und ging.

Das Hemd zog er sich erst draußen auf der Straße an. Kurz überlegte er, ob er noch einmal hineingehen sollte, um sich doch ein Rezept zu holen. Er könnte ja über Wochen Schlaftabletten sammeln und sich dann irgendwann umbringen. Wenn ich Glück habe, dachte er, reiht mich die Sprechstundenhilfe nach hinten, und ich kann wieder im Warteraum sitzen. Laut sagte er vor sich hin: »Welchen Spiegel habe ich zerbrochen? Welchen Spiegel habe ich zerbrochen?« Im Stillen sagte er zu sich: Ich bin ein Versager, ein Kaputtmacher, einer, der nichts auf die Reihe kriegt. Ich bin nicht der Hellste. Nicht einmal im Bett bin ich gut. Frauen interessieren sich nur für mich, weil sie meinen, es könnte irgendwann besser mit mir werden.

Hier geht ein Einziger, hier geht ein Einziger, hier geht ein Einziger. So sind Straßen.

Die einzige Arbeitende in Milans Umfeld war Nati. Für Vev war er ein nicht genügender Vater. Setzen, fünf.

Wenn ich wenigstens Schlafstörungen hätte, dachte er. Wenn ich wenigstens einer wäre, wie Dr. Strasser glaubt, dass ich einer bin. Ich verdiene nicht einmal eine rätselhafte Redensart. Jeder Mensch hat ein Rätsel, nur ich habe keins. Sogar seine Tochter war ihm bisweilen rätselhaft. Vev konnte schauen, ins Weite hineinschauen, da musste sogar der eigene Vater andächtig werden, wenn er ihr dabei zusah. In einem Schaufenster spiegelte er sich. Er versuchte rätselhaft zu schauen. Nichts, absolutely nothing!

Er nahm sich vor, in der kommenden Nacht den Schlaf zu schwänzen. Vielleicht könnte er sich ja Schlafstörungen antrainieren. Auf Vevs Bitte hin hatte er heute Morgen ihre Deutschlehrerin in der Schule besucht. Sie hatte ihm Vevs Aufsatz vorgelegt und ihn aufmerksam beobachtet, als er ihn durchlas. Er war ihm wie ein normaler Schulaufsatz vorgekommen.

»Warum Thema verfehlt?«, hatte er gefragt.

»Was denken Sie, warum?«, hatte eine hakennasige Frau mit Seitenscheitel zurückgefragt.

»Ich denke, meine Tochter hat das Thema nicht verfehlt«, sagte er.

»Sie hat sich etwas zusammenfantasiert, das Thema aber hieß: Probleme.«

»Ja, sie hat sich ein Problem zusammenfantasiert. Und? Was ist dabei? Das tun Kinder. Ist das verboten?«

»Nein, verboten ist es nicht. Aber es geht hier nicht darum, etwas zusammenzufantasieren, sondern darum, die wahren Probleme der Kinder kennenzulernen. Oder ist ihre Tochter mit einem Hund abgehauen und von der Polizei aufgegriffen worden?«

»Nicht dass ich wüsste.«

Als sie sich umdrehte, um sich zu schnäuzen, streckte er ihr die Zunge heraus, konnte sie gerade noch rechtzeitig einziehen.

Viel Sinn hatte so ein Leben nicht.

Zu Hause fand er unter der Post eine Einladung von Sonjas Lebensgefährten. Dieser Mann war sich nicht zu blöd, mit »The Dude« zu unterschreiben. Milan schaute nur auf die Schrift und auf die Unterschrift, las aber nicht, was da stand, es waren mehrere Bögen voll, in fein gesetzter Handschrift. Milan steckte den Brief in seine Jackentasche, wo er ziemlich auftrug, fast als hätte er ein Schulterhalfter mitsamt Waffe auf der Brust. Er brachte das Abendessen mit Maja, Fritzi und Vev hinter sich. Nati hatte Nachtdienst, er starrte einfach in die Zeit hinein und ließ sich von ihr ein kleines Stück weit in die Zukunft ziehen. Dann waren die Kinder eingeschlafen, und er setzte sich an den Computer. Er tippte »Schlaflosigkeit« in die Tastatur seines Computers und wählte eines der Foren aus. Schauerliche Geschichten waren hier zu lesen.

Ich nehme bis zu zehn Xanor am Tag, sonst kann ich nicht. Tagsüber bin ich so müde, dass ich wie in Zeitlupe lebe, manchmal kommt es mir vor, ich brauche eine halbe Stunde mit dem Suppenlöffel vom Teller bis zum Mund. In der Nacht aber liege ich wach.

Antwort:

Du musst von der Medi runterkommen. Geh ja nicht zum Arzt, der gibt dir nur etwas anderes. Abwechselnd heiß und kalt duschen. Nichts essen, keinen Alkohol, viel Wasser, keine Zigaretten, keinen Sex. Spazierengehen bis zum Umfallen.

Antwort:

Ich habe gute Erfahrungen gemacht mit Selbstverletzungen. Ich war auf Kokain. Big Verzweiflung. Ich habe mir mit Zigaretten den Arm tätowiert, innen, wo es noch mehr wehtut, von der Achselhöhle bis zum Handgelenk. Dann war ich clean. Ich würde gern ein Buch darüber schreiben. Hat jemand damit Erfahrung?

Milan hätte gern mitgeredet, aber er wusste nicht, was er hätte erzählen können. Er riss ein Blatt aus einem von Vevs Schulheften und schrieb:

Nachts liege ich im Bett und starre an die Decke. Ich habe furchtbare Dinge getan in meinem Leben. Ich habe meine arme alte Mutter mit dem Kopfkissen erstickt. Ich habe unseren Nachbarn erschossen. Ich habe –

Er zerriss das Blatt in winzige Schnipsel und warf die Schnipsel ins Klo. Er spülte, und als sich das Wasser glättete, schwammen die Schnipsel immer noch oben. Er spülte noch einmal, sie waren immer noch da. Er hörte, wie Nati den Schlüssel in der Wohnungstür umdrehte. Gleich würde sie die Klotür aufmachen, das war immer ihr Erstes, zur Tür herein und aufs Klo. Das hatte er bei allen Frauen so erlebt, zuletzt bei der Trafikantin, zur Tür herein und aufs Klo. Er spülte noch einmal. Immer noch waren ein paar Schnipsel da.

»Wer ist auf dem Klo? Ich muss, dringend«, hörte er Nati sagen.

»Ich«, sagte er und spülte noch einmal.

»Ist etwas?«, fragte Nati.

Endlich war das Wasser klar. Er trat in den Flur und küsste Natis Gesicht, irgendwohin. Sie war ihm fremd. Als er im Bett lag, neben ihr, kam ihm der Gedanke, sie ist mir deshalb fremd, weil ich ihr fremd bin. Vielleicht habe ich den sechsten Sinn, dachte er. Er legte sich eine Theorie zurecht, die ging so: Ich empfinde Menschen gegenüber, was sie mir gegenüber empfinden. Ich kann nicht ihre Gedanken lesen, das nicht, aber ich kann ihre Gefühle lesen. Ich fühle, was sie fühlen. Wenn Nati für mich keine Liebe mehr empfindet, merke ich es daran, dass ich für sie keine Liebe mehr empfinde.

Ein bisschen war er glücklich. Gleich schlief er ein.

(32) Der Brief

Liebe Freunde,

schon bald wäre angesagt zu sagen, liebe Verwandtschaft, womit schon ein guter Teil dessen, was gesagt werden soll, gesagt ist. Sollte es in der kleinen Vergangenheit, in der wir beiden Haushalte einander nahegerückt sind, gewisse Unstimmigkeiten gegeben haben, so bitte jetzt die Hand zu erheben und zu sprechen. Wenn nicht, soll auf ewig geschwiegen werden. Sonja und meine Wenigkeit wollen heiraten. Nein, der Fernseher ist nicht eingeschaltet, ihr habt richtig gehört, ihr Lieben. Sonja ist meine Liebste, ich bin ihr Liebster, daran ist nicht zu rütteln, deshalb muss geheiratet werden. Nun aber im Ernst. Ich kann meiner Liebsten einiges bieten. Du, Milan, als ihr Exmann, sollst derjenige sein, den ich um die Hand von Sonja bitte. Es ist mir in letzter Zeit gelungen, einige Geschäfte so zu platzieren, dass sie saftigen Gewinn abwarfen. Das kann ich mit Recht sagen. Hört ihr mich zufrieden lachen? Ich bin zufrieden, ich bin glücklich. Nun kann ich unserer Familie etwas bieten. Zuerst das Wichtigste. Ich kann eine Wohnung bieten. Sie hat 150 Quadratmeter, wahrscheinlich mehr, dazu eine große Terrasse, auf der ein Dutzend Betontröge stehen, in denen meine Liebste, wie sie bereits angedeutet hat, Gemüse und andere Pflanzen anbauen möchte. Davon verstehe ich nichts. Die Tröge allerdings gefallen mir nicht, die sehen aus, als ob sie aus der Fußgängerzone geklaut worden wären. Wie das hätte gehen sollen, wäre mir allerdings schleierhaft, per Stück wie-

gen die sicher 200 Kilo im leeren Zustand. Die müssen weg. Die müssen ersetzt werden, ich denke an Edelstahltöpfe. Vielleicht könnt ihr uns dabei helfen. Wenn ihr zwei, drei oder vier Freunde auftreiben könntet, ich könnte ein gutes Dutzend auftreiben, dann hätten wir das sicher in einem Tag oder in einem halben erledigt, einen Kleinlaster kann ich organisieren. Die Wohnung besteht aus einem großen Wohnraum, in dem sich ein Küchenblock befindet, der so ziemlich das Modernste ist, was es zurzeit gibt. Ich koche gern. Und ich habe einen Freund, der auch gern kocht, und sehr gut dazu. Sonja, meine Liebste, die immer meine Liebste bleiben wird, sagt von sich, dass sie es hasst zu kochen, und wenn sie es hasst, dann muss sie es auch nicht tun. Bei mir gilt nur die Freiwilligkeit, die absolute Freiwilligkeit, ich bin ein Fan der Freiwilligkeit. Aber ich glaube, wenn sie sich erst einmal mit dem Küchenblock angefreundet hat, dann kommt auch das Interesse. Warum soll ein Mensch Gemüse anbauen und Kräuter, wenn er nicht kocht? Aber das ist ein Thema, das nicht haushaltsübergreifend diskutiert werden muss. Dann gibt es in der Wohnung noch ein Schlafzimmer für Sonja und mich, es ist ganz bewusst nicht das zweitgrößte Zimmer. Das zweitgrößte Zimmer ist das Zimmer, in dem in Zukunft die von mir aufrichtig und innig geliebte Vev wohnen soll. Ich lege, lieber Milan, deiner Tochter die Zukunft zu Füßen. Ich habe bereits mit ihr gesprochen, habe ihr gesagt, dass sie bei uns wohnen kann, wenn sie es will. Ich habe zu ihr gesagt, Vev, ich will es, ich kann mir nichts Schöneres vorstellen, als dass du und deine Mutter und ich eine Familie sind, aber, habe ich gesagt, es beruht alles auf Freiwilligkeit, auf absoluter Freiwil-

ligkeit, denn ich bin ein Fan der Freiwilligkeit. Sie hat genickt. Gesagt hat sie noch nichts. Aber sie hat genickt. Dass sie genickt hat, macht mich glücklich. Milan, zukünftiger Freund, ich kann mir denken, dass du jetzt einen Krampf im Bauch kriegst. Jedem guten Vater ginge es so, das ist doch klar. Ich an deiner Stelle würde mir ins Gesicht hineinschreien: Was fällt dir eigentlich ein, willst mir meine Tochter wegnehmen! Und was würdest du an meiner Stelle sagen? Ich weiß, was du sagen würdest, wärst du an meiner Stelle. Du würdest sagen: Nein, hör zu, ich will dir doch um Gottes willen nicht deine Tochter wegnehmen. Ich möchte nur eines, ich möchte uns allen das Leben leichter machen. Genau das würdest du sagen, wenn du an meiner Stelle wärst. Und genau das will ich auch. Du siehst, wir beide wollen genau das Gleiche. Wir wollen uns gegenseitig das Leben leichter machen. Wenn du ganz ehrlich bist, Milan, jetzt einmal ganz ehrlich, schaffst du das, ganz ehrlich zu dir zu sein? Ja, das schaffst du, also dann musst du doch zugeben, dass eure Familienaufstellung ziemlich kompliziert ist und dass Vev nicht so richtig hineinpasst. Denk die Sache einmal so. Es wird sich nichts ändern, so gut wie nichts. Vev wird in eurer Wohnung ein und aus gehen wie bisher. Zurzeit schläft sie mit einem der Mädchen deiner neuen Frau in einem Zimmer, das weiß ich, das hat sie mir selber erzählt. Und sie hat mir auch erzählt, dass das gut geht. Am Anfang war es nicht gut, hat sie gesagt, aber inzwischen ist es gut, sogar bestens. Und so soll es auch bleiben. Aber eines ist doch klar, Milan, die Mädchen werden älter, sie wollen jedes ein eigenes Zimmer, und was dann? Wenn wir die Sache einmal so sehen könnten. Vev wohnt bei uns, kann aber jederzeit zu euch gehen, und die anderen Mädchen können jederzeit zu uns kommen. Wir haben genug Platz. Damit komme ich zu den Zimmern vier und fünf. Ja, unsere Wohnung hat viele Zimmer, nämlich genau sechs. Die Zimmer vier, fünf und sechs sind zwar klein, aber fein. In Zimmer Nummer sechs wohnt ein Freund von uns, der beste Freund, den die Welt je gesehen hat, ich habe vor Gott geschworen, dass ich ein Leben lang auf ihn aufpassen will, und das werde ich auch tun. Du siehst, Milan, Zimmer vier und fünf stehen den Mädchen deiner neuen Frau jederzeit zur Verfügung, und wenn es dir und deiner neuen Frau einfallen sollte, uns besuchen zu wollen und bei uns zu übernachten, dann werden wir Platz machen, das kann ich dir hier und jetzt versprechen. Man kann es auch so sehen, dass eure Wohnung und unsere Wohnung eigentlich eine einzige Wohnung sind, die durch ein Stück Stadt voneinander getrennt sind. Wenn du es so siehst, dann wird alles ganz leicht. Warum also sollen wir es nicht so halten?! Nun aber komme ich zum eigentlichen Anliegen. Sonja, Vev und ich möchten dich, Milan, deine neue Frau und ihre beiden Töchter zu einem Abendessen einladen, das sich gewaschen hat. Niemand muss kochen, niemand muss aufräumen, das wird alles erledigt. Ich werde eine Cateringfirma beauftragen, und zwar nicht irgendeine, sondern die beste. Es wird ein Menü geben, das aus einem Dutzend Gängen besteht, die Weine sind hervorragend, einige davon preisgekrönt, und der Nachtisch wird sowieso ein Höhepunkt, darauf lege ich besonderen Wert, denn ich bin ein Süßer. Ich könnte mich nur von Kuchen und Vanilleeis ernähren, was ich natürlich nicht tue, denn ich will nicht in die Breite gehen, ich will ja meiner Sonja gefallen, wie auch sie mir gefällt. So verbleibe ich also mit besten Wünschen und pochendem Herzen euer Freund und frage höflichst an, ob ihr am nächsten Donnerstag um 19 Uhr Zeit hättet, uns zu besuchen. Es wäre mir eine große Freude, euch eine Limousine zu schicken, damit die Sache auch ein bisschen nach Hollywood aussieht, was den Mädchen sicher gut gefallen wird. Warum sollten wir ihnen den Gefallen nicht tun? So komm also an meine Brust, lieber Milan, Bruder, es grüßt dich von Herzen

The Dude.

(33) Pläne

Erst am Tag darauf, zu Mittag, erinnerte sich Milan an den Brief in seiner Jackentasche. Er zweifelte nicht daran, dass ein Mann, der sich The Dude nannte, auf so vielen Seiten einiges zu bieten hatte, worüber bei Tisch gelacht werden konnte. Der Mann war lächerlich, der Brief würde es beweisen. Was Milan niemals laut sagen würde, ganz sicher nicht in Vevs Anwesenheit, was er sich bis vor Kurzem nicht einmal im Stillen zu denken getraut hätte: Der erste Beweis für die Dummheit und Lächerlichkeit dieses Mannes war, dass er Sonja genommen hat. Dieser Gedanke warf kein gutes Licht auf ihn selbst, das wusste er. Allerdings hatte er diese Phase überwunden. Ich habe mich von Sonjas Schönheit blenden lassen und dabei verabsäumt, tief genug in ihr hübsches Köpfchen hineinzuschauen, dann hätte ich nämlich gesehen, dass es dort nichts zu sehen gibt. Nun aber bin ich nüchtern, mit mir kann es nur bergauf gehen, sicher finde ich auch bald einen Job, der mir entspricht. Vev werde ich mit Fingerspitzengefühl klarmachen, dass auch sie sich in der Sonja-Phase befindet.

Im Schatten dieser Gedanken warteten bereits zwei weitere. Erstens: Wer weiß, ob nicht auch Vev hinter ihrem immer etwas mürrischen Gesichtchen einen relativ hohlen Kopf hat. Zweitens: Bald finde ich vielleicht auch eine Frau, die mir entspricht. Er war rundum zufrieden mit Nati, was natürlich noch lange nicht hieß, dass sie die Richtige war. Er liebte seine Tochter von Herzen, was natürlich noch lange nicht hieß, dass sie ein Geistesgenie war. Zwischendurch blitzte so etwas wie Ehrlichkeit in Milan auf, und er gestand sich ein: Beide gehen mir auf die Nerven, sowohl Vev als auch Nati, alle gehen mir auf die Nerven. Ich kenne niemanden, der mir nicht auf die Nerven geht, Mizzi noch am wenigsten.

Er wärmte das vorgekochte Gulasch auf, taute in der Backröhre ein Dutzend gefrorene Semmeln auf und deckte den Tisch. Frauen, einschließlich Mädchen, wünschten sich zu jedem Essen Salat. Erstes wünschte er sich das nicht, zweitens war ihm noch nie eine Salatsoße gelungen, an der nicht herumgemeckert wurde. Drittens war hinterher alles ölig, das Waschbecken, das Besteck, eine Schüssel, der Tisch, mindestens ein Geschirrtuch. Er hörte die Mädchen durch das Stiegenhaus lärmen und hörte nun auch Natis Stimme. Offensichtlich waren sie gut gelaunt. Maja und Nati sangen gemeinsam einen englischen Hit, Maja mit exaktem Text, Nati mit La-la-la. Fritzi wird hinter den beiden hergehen und die Augen schließen, dachte Milan, sie sah Geister durch die Luft fliegen. Und er wehrte sich gegen den Gedanken Nummer vier: dass er die kleine Fritzi lieber mochte als Vev.

In der Schule gab es nichts Neues, nie gab es etwas Neues, wenn Milan fragte, die schlechten Noten unterschrieb Nati. Nach dem Essen bat Milan alle, am Tisch sitzen zu bleiben, er habe eine Überraschung. Er hatte sich lange überlegt, wem die Ehre zufallen sollte, den Brief laut vorzulesen. Er war überschrieben mit »Liebe Freunde«, also durfte angenommen werden, dass er keine Dinge enthielt, die nicht jugendfrei waren. Erst hatte er Vev bitten wollen, davon war er abgekommen. Sicher standen unsägliche Blödheiten darin, und immerhin war Vevs Mutter mit diesem Typen zusammen, Vev hätte sich also vor allen blamiert. Fritzi kam nicht in Frage, sie war legasthenisch, und er wollte sie nicht bloßstellen, obendrein war der Brief mit der Hand geschrieben. Nati, das wusste er, würde sich weigern, einen Brief des Freundes der Exfrau ihres Freundes laut vorzulesen, das fiel für sie unter die Kategorie »schlechter Stil«. Er selbst kam nicht in Frage, man hätte ihm Rachsucht unterstellt. Also blieb nur Maja.

Und Maja las vor.

Hinterher saßen sie alle da und sagten lange nichts. Vev starrte auf die Tischplatte. Maja kicherte schuldbewusst. Fritzi sah ihre Geister. Milan fühlte erst gar nichts, dann spürte er eine Ruhe in sich aufsteigen. Es ist also entschieden, dachte er. Ein neues Leben.

Nati saß da mit zusammengezogenen Lippen. Dann sprang sie auf, schaute auf den Kalender, der an der Seite des Geschirrschranks hing, und sagte, das passe gut, das passe sogar ausgezeichnet, da habe sie frei, man müsste sich nur überlegen, was für ein Geschenk man kaufen solle. »Wir treten als Familie auf«, sagte sie und schaute zu Milan. Sie schaute ihn aber nicht an, sondern durch ihn hindurch. »Wir zeigen ihnen, wie gut wir es haben. Wir haben es jedenfalls gut genug und gut für alle. Wir geben niemanden her.«

»Ich habe Bauchweh«, sagte Vev, »ich muss mich hinlegen. Fritzi, kommst du mit?«

Milan zog die kleine Fritzi zu sich und streichelte ihr über die lockigen Haare. Er hätte das mit Vev machen sollen, ja, er wollte es auch, aber er traute sich nicht. Er hatte Angst, seine Tochter werde ihn von sich wegschieben. Fritzi schob ihn nicht weg.

»Ich bitte euch, die Erwachsenen für eine halbe Stunde allein zu lassen«, sagte Nati.

»Der Brief ist an alle gerichtet«, protestierte Maja. »Du hast selber gesagt, dass wir als Familie auftreten sollen.«

»Ich bitte euch, die Erwachsenen für eine halbe Stunde allein zu lassen«, wiederholte Nati, und nichts in ihrem Ton hatte sich verändert.

Vev nahm Fritzi an der Hand und verließ mit ihr die Küche.

»Außerdem kann man mich bereits zu den Erwachsenen zählen«, beharrte Maja weiter.

Und Nati: »Ich bitte euch, die Erwachsenen für eine halbe Stunde allein zu lassen.«

Und Maja: »Was heißt ›euch‹? Du bittest uns? Wen meinst du? Wir sind ja nur noch zu dritt hier. Zählst du Milan zu den Kindern?«

»Raus mit dir!«, schrie Nati.

Da rannte Maja davon, hinaus aus der Wohnung, hinunter durch das Stiegenhaus.

Ein Neuanfang wäre nicht schlecht, dachte Milan. Nati sah momentan sexy aus, keine Frage. Sie trug ein Kleid auf Taille, und der Pullover war eine Nummer zu klein. Hatte sie die Haare dunkler? Er überlegte, wann er das letzte Mal mit Nati geschlafen hatte.

»Was schaust du mich so an?«, fragte Nati. »Stimmt etwas nicht?«

»Du siehst so französisch aus«, sagte er. »Du gefällst mir.«

»Ich gefalle dir?«
»Ja, ist daran etwas falsch?«
»Ich gefalle dir also. Das sagst du jetzt zu mir?«
»Ich denke, das ist etwas, das man immer sagen kann. Wenn man in der Nacht aufwacht zum Beispiel.«
»Ja?«
»Zum Beispiel, ja.«
»Du schläfst ja gar nicht mit mir in einem Bett.«
»Das könnten wir wieder einführen.«
»Und dann würdest du mir mitten in der Nacht sagen, dass ich dir gefalle?«
»Halte ich für möglich, ja.«
»Das hältst du für möglich.«
»Durchaus.«
Nati stellte sich Dr. Traxler vor, wie er in seiner kleinen Wohnung saß, Zeitungen auf dem Tisch, daneben das Handy, der Fernseher lief, aber ohne Ton, das Radio mit Ton. Er trug seinen Schlafrock, der ihn würdig aussehen ließ. Sie sah ihn in Gedanken einen Kunstband aus dem Regal ziehen und mit den Fingerspitzen über ein Gemälde streichen – ein kultivierter Mann, einer mit Humor. Gleich würde er sich ein Streichquartett anhören, dazu einen Whisky trinken. Sie gefiel ihm, er wollte sie, eindeutig. Ob als Bettfrau oder auch als Gesprächspartnerin, das musste Nati noch herausfinden. In *Nati und die Welt* war sie die zukünftige Frau an der Seite von Prim. Dr. med. Univ.-Prof. Johannes Traxler.
»Ich rede mit dir«, sagte Milan.
»Du redest mit mir?«, fragte sie, und die Frage war nicht einmal ironisch gemeint. »Verzeih, was hast du gesagt?«

»Dass du mir gefällst, dass du französisch aussiehst. Und noch ein paar Dinge.«

»Ich überlege gerade«, sagte Nati. »Willst du mir signalisieren, dass du an meinem Körper interessiert bist?«

Da beschloss Milan, sein Leben neu zu beginnen. Englisch auffrischen, nach Kanada auswandern, nie mehr Deutsch sprechen. Nie mehr mit jemandem von hier reden. Auf nichts von hier angewiesen sein. Auch nicht auf das Geld seiner Mutter.

Noch war Natis Idee nicht aus der Welt: eine Schwangerschaft mit einem Mann, der nie erfahren würde, dass er ein Kind gezeugt hatte. Wenn Prim. Dr. med. Univ.-Prof. Johannes Traxler ein bisschen Tempo machte, nur ein bisschen, dann würde sie dafür sorgen. Und er – er würde durchaus erfahren dürfen, dass er ein Kind gezeugt hatte. Abwarten, sagte sie sich. Morgen wollte sie Eva in der Mittagspause treffen und schauen, ob sich bei ihr etwas ergeben hatte.

Vev legte sich auf ihr Bett, Fritzi kuschelte sich neben sie. Ob der Bauch immer noch wehtue, fragte sie.

»Ja«, sagte Vev, »er tut noch weh.«

Fritzi stöhnte, als wollte sie Vev das Bauchweh wegnehmen oder es wenigstens halbieren. Vev drückte sie an sich, Fritzi war wie eine Stoffpuppe, so konnte sie gut nachdenken. Der Hund, dachte sie, kommt ja ursprünglich von The Dude. Also könnte ich ihn sicher mitnehmen, wenn ich umziehe.

(34) Fröhliche Zerstreuung

Eva war allein auf Urlaub gefahren. Nicht auf ein Seminar, in einen normalen Urlaub. Fünf Tage, ohne Nati etwas zu sagen. Sie nannte es »fröhliche Zerstreuung«. Jetzt saßen sich die Freundinnen in der Kantine des Krankenhauses gegenüber und musterten einander, als wären ihnen Geheimnisse ins Gesicht geschrieben.

»Und?«, fragte Nati.

»Du zuerst«, sagte Eva.

»Nein du.«

Eva hatte mit einem Kerl geschlafen, so drückte sie sich aus. Klang nach Vorabendfernsehen, so sollte es klingen. Nach einem Arzt klang es nicht. Konnte ein Arzt ein Kerl sein? Lastwagenfahrer oder Sportlehrer waren Kerle.

»Und wenn du schwanger bist?«, fragte Nati.

Der Kerl würde nie etwas erfahren. Sie hatten nicht einmal Adressen ausgetauscht. Sie wusste seinen Namen, er ihren nicht. Sie hatte ihm einen falschen gesagt, er ihr vielleicht auch.

Nati war schockiert. »Und wenn du tatsächlich schwanger bist?«

»Das war doch der Zweck der Übung.«

Kann man das einem Kind antun? »Es ist und bleibt eine Fahrlässigkeit«, sagte sie.

»Es war deine Idee«, sagte Eva.

»Was weißt du über ihn?«

»Ich kenne seinen IQ nicht, falls du das meinst.«

Genau das meinte Nati. »Nein, das meine ich nicht«,

sagte sie. »Auch dumme Menschen können liebenswert sein.«

»In seltenen Fällen.«

»Du bist zynisch!«

Sie würde es nie so machen, bei ihr wäre der Kindsvater nicht irgendein Kerl. Sie erzählte Eva kein Wort von Dr. Traxler und natürlich nicht von *Nati und die Welt* und wie gut er sich inzwischen in diese Welt eingefügt hatte. Es laufe mit Milan zurzeit ziemlich gut.

»Heißt das, du lässt mich hängen?«, fragte Eva.

»Ja«, sagte Nati. Zu spät sah sie das Entsetzen in den Augen ihrer Freundin. So wollte sie heute Nacht die Erzählung weiterspinnen: *Zu spät sah Nati das Entsetzen in den Augen ihrer Freundin …*

Sie verlor die Orientierung. Milan irritierte sie. Nicht ein Wort hatten sie über den Brief von The Dude gewechselt, aber in der Nacht war Milan zu ihr gekrochen, und sie hatten Sex gehabt – wenn man das so nennen wollte. Traurigkeit überkam sie, sie fühlte sich schlecht und verdorben und wollte ab sofort eine gute Frau sein, eine gute Mutter, eine gute Krankenschwester. Aber dann, neben Milan liegend, seinen ruhigen bubenhaften Atem im Ohr, hatte sie begonnen, sich *Nati und die Welt* weiterzuerzählen, und nun war sie eine sexgierige Frau, die es mit Dr. Traxler in dessen Behandlungszimmer trieb. Sie strich diese Folge, die war Realität. So war es ja gewesen.

Drei Tage später, wieder in der Kantine, verkündete Eva, dass sie schwanger sei.

»Das geht nicht«, sagte Nati. »Wie soll das gehen, bitte? Wie?«

»Durch Geschlechtsverkehr«, sagte Eva.

»Bei welchem Arzt warst du?«, fragte Nati.

»Was denkst du denn, bei wem?«

Da sprang Nati vom Tisch auf und verließ im Eilschritt die Kantine. Sie warf in der Damentoilette Wasser in ihr Gesicht, sah, wie die Schminke zerrann, sperrte sich im Klo ein und weinte eine Minute oder zwei. Dann setzte sie vor dem Spiegel ihr Gesicht neu auf.

Sie fuhr in den 6. Stock und meldete sich bei Dr. Traxler an.

»Weiß er, dass du kommst?«, fragte die Sekretärin, einen schiefen Zug im Gesicht.

»Nein. Wieso?«

»Er ist erst seit heute wieder da. Die Sprechstunde beginnt um 15 Uhr.«

»Kannst du mich nicht vornehmen.«

»Könnte ich schon. Ist es privat?«

»Wie meinst du das?«

»Ob du Privatpatientin bist, meine ich.«

Da kam Dr. Traxler den Gang herauf und gab Nati die Hand. Er hatte sich einen Bart wachsen lassen. Was hatte das wieder zu bedeuten? In *Nati und die Welt* gab es keinen einzigen Mann mit Bart.

»Wie geht es dir, Natalie?«, fragte er. »Wir haben uns lange nicht gesehen.«

Sie habe viel gearbeitet, stammelte sie und vermied es, ihm in die Augen zu schauen. Er hielt immer noch ihre Hand, die Sekretärin stand dabei. Schamlos. In *Nati und die Welt* hätte sie etwas mit ihrem Chef, das würde ihr Nati gründlich austreiben!

Dr. Traxler zog Nati in sein Sprechzimmer.

»Setz dich«, sagte er, »und erzähl mir, wie es in der Welt zugeht.«

Stattdessen erzählte er. Er war in Amerika gewesen, auf Vortragsreise. Sie hatte das nicht gewusst.

»Wann?«

»Die letzten dreieinhalb Wochen. Ich bin erst gestern zurückgekommen. Und heute schon am Platz. Wie findest du das?«

Das hieß, Eva und Dr. Traxler hatten keine Verbindung. Er hatte die Schwangerschaft nicht festgestellt. Dass er sie duzte, war ihr unangenehm. Gestern hatte Maja zu ihr gesagt: »Mama, du hast Orangenhaut.« Ihre Tochter hatte ihr einen Klaps auf den nackten Hintern gegeben, als sie aus dem Bad gekommen war. Alles war nur noch peinlich. So geht es in der Welt zu, Herr Doktor. Alles ist nur noch peinlich. Dr. Traxler sah sie freundlich an, freundlich und unverbindlich und fremd, als wollte er sagen, ist sonst noch etwas? Sie stand auf, dabei kippte der Stuhl nach hinten. Er bückte sich nicht danach. Sie bückte sich nicht danach. Er hatte Natalie zu ihr gesagt, das war immerhin etwas. Der Bart machte ihn älter, und zwar um mindestens zehn Jahre. Wenn ich ihm das sage, dachte sie, wird er mir dankbar sein. Sie wollte aber nicht, dass er ihr dankbar war. Sie beschloss, keinen Kinderwunsch mehr zu haben, sie wollte sich Milan und den Mädchen widmen. Mit Haut und Haar, wie ihr eine Wahrsagerin aus der Hand gelesen hatte. Die Frau hatte immer wieder nur das eine gesagt: mit Haut und Haar, mit Haut und Haar. Sie hatte gefragt: Was bedeutet das? Mit Haut und Haar, war die Antwort gewesen, mit Haut und Haar. Lange Jahre hatte sie gedacht, das bedeute, sie sei eine leidenschaftliche Frau, sie sei eben eine, die bei allem mit Haut und Haar dabei sei. Nun dachte sie, es bedeutet nichts, gar nichts. Drei Kinder, zwei davon in einem schwierigen Alter, das war Verantwortung. Schließlich konnte man das Leben nicht einordnen wie einen Wäscheschrank.

»Herr Dr. Traxler«, sagte sie, »ich schlage vor, wir beide vergessen, was gewesen ist.«

Dr. Traxler verbeugte sich leicht vor ihr. Er wirkte nicht überrascht. »Danke, Natalie«, sagte er, »das ist sehr entgegenkommend von Ihnen. Ich hätte gern den gleichen Vorschlag gemacht, aber ich dachte, das geziemt sich nicht für mich.«

Im Feinkostladen kaufte sie für jedes Familienmitglied die Zutaten für Lieblingsspeisen. Zu Hause band sie sich die Schürze um und rührte einen Teig. Eine Folge wollte sie sich erlauben, die, wenn sie zu Ende gespielt war, sofort wieder gelöscht wird. *Nati besorgt sich eine Maschinenpistole und läuft Amok.* Kuchenduft verbreitete sich in der Wohnung, Maja schleckte die Teigschüssel leer. Nati tadelte sie nicht. Maja bat um einen Zuschuss für unentbehrliche Bücher, Nati gab ihr ohne zu fragen einen Fünfzigeuroschein. Vev und Fritzi lagen unter der Bettdecke und flüsterten einander ins Ohr.

Das wird der Tag sein, an dem ich seit Langem wieder einmal Kuchen gebacken habe, dachte Nati. Der Tag, an dem sich das Leben änderte, indem es gleich blieb. Was ja nur ein Satz war.

Als sie die Glasur über die Sachertorte träufelte, schwor sie sich, mit Eva Schluss zu machen. Wozu brauchte sie eine Freundin?

Milan kam und sagte: »Nach diesem Geruch habe ich mich gesehnt.«

Er selber roch nach Tabak.

(35) Der innere Mensch

Nati:

Fritzi, meine Kleine, ist ein gutes Kind, liebt die Tiere. Als wir im Urlaub waren, kam sie mit einem neugeborenen Lämmchen angerannt. Die Mutter hatte es verstoßen, und Fritzi brachte die gesamten Ferien damit zu, es mit verdünnter Milch aus einem Fläschchen zu füttern. Sie zerbrach beinahe, als wir abfuhren. Das Lämmchen brachten wir zu einem Bauernhof, und Maja sagte zu allem Überfluss, sie sehe das Lämmchen schon in einer dampfenden Schüssel. Da biss ihr Fritzi in den Arm, so tief, dass sie blutete. Zur Strafe gab ich ihr kein Pflaster.

Maja:

Mein Vater lebt mit einem Mechaniker zusammen. Ich habe gedacht, Schwule gibt es nur unter Künstlern. Ich war einmal bei den beiden auf Besuch, hab einfach geläutet, und sie haben mir aufgemacht. Sie waren so freundlich, dass ich einen Hass gekriegt hab, weiß nicht genau warum. Ihr Wohnzimmer war so sauber, wie es bei uns nie gewesen ist und nie sein wird. Sie haben gemeinsam gekocht, ich wollte nichts essen. Ich hatte gehofft, dass mein Vater mir Geld gibt, ohne dass ich ihn fragen muss. Ich habe gesagt: »Papa, ich brauche Geld«, und er hat gefragt: »Wofür?« Für vieles, habe ich gesagt, und die Mama hat keines, weil sie für die Familie sorgen muss. Er wollte wissen, ob mein Ersatzvater nicht arbeitet. »Er heißt Milan«, sagte ich. Da hab ich noch mehr Wut gekriegt, dass mir der Bauch wehgetan hat, und mein Mund war total trocken. Ich hab das erstbeste Glas ausgetrunken, es war Weißwein. Der Mechaniker hat festgestellt, dass ich gerade sein Glas mit Weißwein ausgetrunken habe. Mein Vater hat einen Zwanziger herausgerückt, der Mechaniker fand das zu wenig. Da hat mir mein Vater noch einmal einen Zwanziger gegeben. »Und für Fritzi?«, hab ich gefragt. »Die soll selber kommen«, hat er gemeint. »Sie ist ein kleines Kind«, hab ich gesagt, »sie fürchtet sich vor Geistern.« Der Mechaniker hat aus seiner Hosentasche einen Fünfziger genommen und auf den Tisch gelegt. »Wie«, hab ich gefragt, »zehn Euro mehr für das Kind als für mich?« »Nimm alles, alles für dich«, sagte der Mechaniker.

Fritzi:

Ich muss immer an das Lämmchen denken. Nie werd ich es vergessen. Wie sein Herz so schnell geklopft hat. So leise. Seine feine Zunge, die ein bisschen rau war. Ich hab das Lämmchen Ponkus getauft. Meine Mutter hat mir verboten, es mit nach Hause zu nehmen. Milan hat gesagt: »Tu, was deine Mutter sagt.« Maja wollte, dass Ponkus verspeist wird. Die vielen Knöchlein, die übrig bleiben. Vev hat mir etwas Liebes ins Ohr geflüstert. Ich habe es aber nicht verstanden, weil ich so laut geweint hab.

Milans Mutter:

Ich sehe aus wie ein Gespenst. Komme gerade aus dem Krankenhaus, habe elf Kilo verloren. Zweimal verpfuscht. Was hab ich noch? An Krankheiten erinnere ich mich. Nägel haben sie mir in meine Hammerzehen gejagt und dann beim Herausziehen gefragt, ob ich vorher eine Betäubung haben will. Der Arzt war jung und sportlich, sagte, er jogge jeden Morgen ins Krankenhaus, da sagte ich: »Keine Betäubung.« Höllisch. Fazit: Orthopädische Schuhe. Mein Mann hat wieder zu mir gefunden, fuhr mich im Rollstuhl spazieren, kochte für mich.

Sonja:

Elmar sagt, ich solle viel Innereien essen, Leber, Niere, Beuschel und so, er meint, man würde dadurch sensibel werden. Er meint, so wie beim Menschen wird bei den Tieren das Innere vernachlässigt. Und esse man Innereien, so nehme man Feinheit auf, die Feinheit des Tieres im Menschen. Wahrscheinlich bin ich falsch verkabelt. Elmar sagte vorgestern, dass wir beide die stillen Philosophen sind, die keiner kennt. Er hat das Wort »Hohlraummasse« erfunden. Das existiert nicht. Er sagt, das sei ein Wort reinster Philosophie und hat mit seinem Gehirn zu tun. Abwarten, was geschieht. Abwarten, was geschehen wird. Einmal sagte mir ein Therapeut, er habe Angst, dass ich verblöde, da sagte ich ihm, ich bin schon verblödet, bin blöd auf die Welt gekommen. Er sagte daraufhin, er sei schockiert über diese Aussage, und er lud mich zum Essen ein, was ein Therapeut nicht darf. Aber mit Reis im Mund sagte er, beim Essen sei er nur mein Freund.

Milan:

Ich saß auf Mizzis Stuhl in der Trafik, der Hund

strich um meine Waden – ist das nicht das Richtige für mich?, dachte ich. Ich ging im Kopf die Länder Europas durch, kam auf fünfundvierzig. Mein Vater hat mich in Geografie immer abgeprüft, vornehmlich am Mittagstisch. Ich war dann automatisch dumm. Da kam ein junges Paar in die Trafik und wollte zwei Wochenkarten für die U-Bahn. Sie gefielen mir, die beiden, der Mann wie die Frau. Sie waren so frisch und ihre Augen so klar, dass ich ihnen die Karten schenkte. Rund fünfzig Euro. Mizzi wird denken, es war ihr Fehler. Der Hund akzeptiert mich als Herrn. Was will ich mehr?

Die Trafikantin:

Einmal kam eine Frau in die Trafik. Ich bin Milans Frau, sagte sie. Ich wusste nicht, dass er verheiratet war. Sie gab mir die Hand und sah mich an. Sonst nichts. Ich sagte: »Sie brauchen sich nicht zu fürchten, ich nehme Ihnen Ihren Mann garantiert nicht weg.« Ich musste sie beruhigen und machte ihr Komplimente, die ich im Augenblick erfand. Als so viel Kundschaft da war, dass wir kaum mehr Platz im Laden hatten, sagte sie, sie wolle mir gern behilflich sein, sie habe Zeit. Und da verkauften wir beide, sie bediente, ich kassierte.

Vev:

Maja sagt, ich bin ein Zombie. Es gibt keinen, den ich liebe. Ich kenne keine Toten, die auf dem Friedhof liegen. Ich war auf dem Friedhof, ich habe die Kindergräber gesucht, das sind die mit den weißen Kreuzen. Eine Schar von Mädchen kam auf mich zu, weiße Gesichter, schwarz umrahmte Augen, auf ihren T-Shirts leuchteten Skelette. Sie fragten mich, was ich suche, und ich sagte, ich suche die Kindergräber. Sie fragten, wer denn gestorben sei, und ich sagte: »Also, mein Vater, meine Mutter, meine Stiefmutter, meine Großmutter, mein Großvater und meine zwei Halbschwestern.« »Hast du wenigstens ein Tier?«, fragten sie. »Ich hatte einen Hund«, sagte ich, »der hieß Nemo, der ist auch gestorben.« Sie fragten, wie alt meine zwei Halbschwestern gewesen waren, die ich besuchen möchte. Ich sagte, sie waren zwei und drei Jahre alt. »Meine Mutter ist dann vor Kummer gestorben, mein Vater hat sich aufgehängt. Meine Stiefmutter ist die Treppe hinuntergefallen, und der Hund ist überfahren worden.«

Elmar:

Seit ich wieder Elmar heiße, ziehe ich mich ordentlich an. Frisch aus dem Bad, massiere ich Aftershave in mein Haar, das hat mir Sonja geraten. Sie hat es mir geschenkt und behauptet, es sei eines von den besseren. Sie hat mir auch zu einer grauen Flanellhose und einem hellgrauen Hemd geraten, darüber eine Wolljacke in Schwarz. Meine Schuhe sind neu und glänzen, noch nie habe ich sie bei Regenwetter getragen. So angetan und guter Dinge, eine Tablette unter der Zunge, bin ich in den Esoterikladen spaziert, weil mir die tätowierte Verkäuferin nicht aus dem Sinn gegangen war. Tatsächlich stand sie an einem der Regale, hatte den rechten Arm ausgestreckt, sodass man ihre bunten Urwaldtätowierungen sah, und versuchte ein Buch auf das oberste Brett zu schieben. Ich trat hinter sie und fragte, ob ich ihr helfen könne. Sie ließ sich gern helfen mit dem Buch und später beim Zusammenräumen im Geschäft. Ich trug gerade den Buchständer vom Gehsteig ins Geschäft, da sah ich, wie eine Frau mittleren Alters ein Buch stehlen wollte. »Tun Sie das nicht«, sagte ich zu ihr, »ich muss die Polizei rufen, und Ihr Leben ist im Arsch.« Diesen Ausdruck kann man sich vor einer Diebin erlauben. Sonst achte ich darauf, dass ich nicht ordinär bin.

Eric (»The Dude«):

Ich habe mich für die Seriosität entschieden. Ob ich sie schon zu hundert Prozent draufhabe, bezweifle ich. Mein Äußeres steht mir im Weg. Ich wirke ungeschlacht, das ist so grausam, wie das Wort klingt. Es klingt nach Blut und Tod, und ich werde gefürchtet. Ich habe noch nie einen Menschen bewusst verletzt, auch kein Tier, kann sein, dass ich auf Käfer getreten bin. Was den Unfall betrifft, bei dem meine Mutter und mein Onkel getötet wurden, da kann ich mich an Einzelheiten erinnern. Niemand würde das glauben, deshalb behalte ich es für mich. Ich habe gesehen, wie die zerbröselnde Autoscheibe das schöne Gesicht meiner Mutter kaputt gemacht hat, sah ihre abgetrennten Beine, und der Kopf meines Onkels hatte sich ins Lenkrad gebohrt. Er war wie festgenagelt. Ich wurde aus dem Auto auf eine Bahre gehoben. Stimmengewirr ist mir in Erinnerung und ein Jammerton, in dem »das arme Kind« beklagt wurde. Ich wachte in einem fremden Bett auf, das Gesicht meines Vaters über mir. Es war vom Herabbeugen so schwammig und wirkte, als würde es sich gleich ablösen. Ob ich viel geweint habe, kann ich nicht sagen. Ich stellte mich stumm, und wenn es hieß, ich habe wegen des Schocks die Sprache verloren, fand ich das interessant. Ich habe viel mit meinem Teddy geflüstert. Er gab einen Brummton von sich, wenn man ihn auf den Kopf stellte.

Eva:

Wenn ich mir etwas wünschen darf: dass mir endlich jemand glaubt!

Inhalt

MONIKA HELFER
Die Welt der Undordnung

Roman, 978-3-99027-073-8

Die Tragödien haben eine leichte Gangart, die Beschreibung einen fast naiv anmutenden Tonfall. Das Unheimliche, Schmerzhafte ist der Boden, auf dem die Handlung ruht. Ab und zu bricht der Erzählfluss auf und lässt einen Abgrund sehen. Der Roman aber tänzelt weiter, als wäre nichts passiert.

Susanne Schaber, Die Presse

Monika Helfer bedient sich eines märchenhaft einfachen Stils, so beeindruckend klar, wie es sonst nur Märchen sind.

Michael Luisier, SRF

EVA SCHMIDT
Ein langes Jahr

Roman, 978-3-99027-080-6

Dieser so nüchtern daherkommende Roman haut mich völlig um. So geht das Wunder von Literatur.

Sabine Vogel, Berliner Zeitung

Eva Schmidt schreibt eine Prosa von schöner Kargheit, die nicht mehr sein will, als sie ist.

Wolfgang Paterno, Profil

Dem neuen Roman von Eva Schmidt merkt man die literarische Erfahrung der Autorin ebenso an wie das lange Schweigen: das nicht Abgenutzte ihrer Sprache und Erzählweise, die genaue Arbeit an den einzelnen Texten, in denen kein Wort zu viel ist, wie am Erzählbogen, der sich über sie spannt. Vor allem aber spürt man im Vibrieren hinter der stillen Oberfläche der einzelnen Sätze, dass hier jemand wirklich etwas zu erzählen hat.

Cornelius Hell, Ö1 Ex Libris

EVA SCHMIDT
Die untalentierte Lügnerin

Roman, 978-3-99027-230-5

Genau dieses Unauffällige beeindruckt, ebenso die klare, unprätentiöse Sprache. Eva Schmidt ist eine Autorin mit großem Sensorium für die Psychologie des Alltäglichen. Sie beherrscht, was nur wenigen gelingt: den Stoff für unaufdringliche Bücher so überzeugend zu gestalten, dass sie umso bedeutsamer werden.

Gerhard Zeillinger, Der Standard

Ihre Sprache ist knapp und präzise, kennt weder Adjektivhäufungen noch ausgefallene Wortwahl. Was wie darstellerische Kargheit wirkt, hat zugleich eine große Kraft und Geschmeidigkeit, sodass ohne jede spektakuläre Zutat ein eindringlicher Sog entsteht.

Evelyn Polt-Heinzl, Die Presse

Wie Eva Schmidt es dabei vermag, das Monströse im Verschwiegenen, Verleugneten oder Ungesagten zu beschwören und fühlbar zu machen, das ist famos.

Peter Henning, WDR3 Mosaik

NADINE SCHNEIDER
Drei Kilometer

Roman, 978-3-99027-236-7

Nadine Schneiders Roman ist wie ein Lied, das man nicht oft genug hören kann. Und daher will ich für die Zukunft nicht ausschließen, *Drei Kilometer* noch ein viertes, fünftes oder sechstes Mal zu lesen.

Jan Brandt,
Laudatio zum Fuldaer Förderpreis

Das Bestechende an *Drei Kilometer* ist der Umstand, dass seine Autorin nichts versucht, was sie nicht auch beherrscht. Schneiders Sprache ist durchsetzt und grundiert von poetisch aufgeladenen Beobachtungen und Beschreibungen, doch bleibt der Blick der Erzählerin stets auf die engen Verhältnisse fokussiert. Es zählt das, was gerade ist.

Christoph Schröder, Die Zeit

Nadine Schneider versteht es, mit Nuancen umzugehen, und bei der Lektüre vergisst man, dass es sich um ein Debüt handelt – so dicht und klar und souverän ist diese Prosa.

Gerhard Zeillinger, Der Standard

HELENA ADLER
Die Infantin trägt den Scheitel links

Roman, 978-3-99027-242-8

Noch nie zuvor habe ich ein Buch gelesen, welches es schafft, in nur knapp 130 Seiten das idyllische Bild vom Leben auf dem Land und in einer Großfamilie so grundlegend zu demontieren. Großartig!

Sabine Abel, BR Fernsehen

Ein fantastisches literarisches Werk, dessen sprachliche Kraft seinesgleichen sucht.

Björn Hayer, Die Presse

Helena Adler löst ein, was ihr künstlerischer Anspruch verheißt, indem sie die Worte mal wie Fingerfarben, mal wie einen kräftigen Zeichenstift benutzt. Den Scheitel scheint sie immer noch links zu tragen, was auf weitere schräge Werke hoffen lässt.

Kristina Maidt-Zinke, Süddeutsche Zeitung